Gli struzzi 379

ISBN 88-06-11749-1

Natalia Ginzburg

Serena Cruz o la vera giustizia

Einaudi

Indice

Nota

Scrivo questo breve libro perché sia ricordata la storia di Serena Cruz, a tutti quelli che ieri la leggevano sui giornali, e perché ne sia data notizia a quelli che non ne sanno nulla.

Poi lo scrivo perché siano ricordati altri fatti, che riguardano le adozioni e i bambini, altri fatti che sul momento hanno suscitato scalpore e che sono stati rapidamente dimenticati. Abbiamo tutti la memoria corta.

E infine lo scrivo per testimoniare solidarietà alle persone a cui sono stati strappati i bambini, che esse avevano fino a quel giorno amato e accudito. Per testimoniare solidarietà alle persone, genitori e bambini, che hanno visto, come Serena Cruz e i suoi primi genitori adottivi, distrutta in un attimo la tranquillità famigliare, traditi e calpestati gli affetti, e che acerbamente hanno sofferto devastazioni, separazioni e perdite.

Serena Cruz o la vera giustizia

Oh, fossi tu caldo o freddo! Cosí, poiché tu sei tiepido, né freddo né caldo, sono sul punto di vomitarti dalla mia bocca.

Dall'*Apocalisse*, 3, 15-16.

1.

Di Serena Cruz, e dei suoi primi genitori adottivi, si è parlato tanto, nella scorsa primavera. E adesso, in questi giorni della fine di dicembre, il caso di Serena Cruz si è riaperto. I giornali dicono che forse il suo primo padre adottivo non aveva mentito, come affermavano i giudici minorili, né aveva frodato la legge, perché sembra esservi una prova che è lui il vero padre. Dicono i giornali che, se è cosí, la bambina che gli è stata tolta dovrà essergli restituita.

Nei mesi scorsi, quando ho cominciato a scrivere questo breve libro, non conoscevo i primi genitori adottivi di Serena Cruz, e li ho conosciuti solo poche settimane fa. Nel nostro incontro, durato qualche ora, abbiamo parlato unicamente della bambina, e delle loro traversie e sofferenze di questo ultimo anno. Sui fatti che precedettero la nascita di Serena, non ho chiesto nulla, perché temevo di sembrare indiscreta.

Ma chiunque sia il vero padre di Serena Cruz, e comunque vadano le cose nel corso del tempo, per Serena e per i suoi, molto di quanto ha pensato diversa gente su questa vicenda, e molto di quanto io stessa ho pensato, resta intatto.

La storia di Serena Cruz, cosí come io l'ho appresa da giornali e da notizie sparse, è quella che seguirà. I suoi genitori adottivi, definiti illegali, danno invece una versione del tutto diversa, di cui dirò dopo. Ma io do la versione che ho appreso dai giornali, e che mi ha suscitato alcuni pensieri. Per seguire il filo di questi pensieri, e per dire ciò che via via sentivo, mi attengo a quanto ho letto nella scorsa primavera, e piú esattamente nel mese di marzo, allorché del caso di Serena Cruz si è cominciato a parlare e a discutere.

La versione che hanno dato i giornali è la seguente.

Serena Cruz è nata a Manila, nelle Filippine, il 20 maggio dell'86. Fu raccolta su un bidone di rifiuti. Respirava appena. Non è chiaro come sia stata ricostruita la data della sua nascita. Evidentemente quelli che la raccolsero, stabilirono che era nata da poche ore. O forse rintracciarono la madre, che l'aveva abbandonata e non la voleva. Essa fu affidata alla carità pubblica, e ricoverata in un istituto.

Un anno e mezzo dopo, sulla fine dell'87, venne a Manila un ferroviere di Racconigi, Francesco Giubergia. Lui e la moglie avevano perduto un figlio, anni prima, e non potevano averne altri. In seguito avevano adottato un bambino, a Manila. Desideravano ora adottarne un secondo, perché quel bambino che già era con loro, nella loro casa di Racconigi, fosse piú felice con un fratello della sua stessa terra.

Quel primo bambino, di nome Nazario, l'avevano adottato che aveva sette mesi. Pesava, a sette mesi, poco piú di tre chili. Era malato d'una malattia polmonare – un fungo nei polmoni, avevano spiegato loro i medici – e di una decalcificazione ossea. Per questo era stato rifiutato da altre coppie. Loro l'avevano accettato. Fatte le pratiche necessarie per l'adozione, se l'erano portato in Italia, a Racconigi, e qui si era ristabilito completamente. Adesso aveva tre anni e mezzo e cresceva bene.

A Manila, quando vi tornò nell'87, questa volta solo, Francesco Giubergia seppe da qualcuno che c'era in un istituto una bambina in condizioni pietose. La vide, nell'istituto, dov'erano ammassati a centinaia i bambini. Nel vederla, giurò a se stesso di portarla via di là al piú presto.

Francesco Giubergia era un uomo di condizione umile. Se fosse stato un ricco, si sarebbero stabiliti nelle Filippine, lui e la moglie, per diciotto mesi, come la legge delle Filippine adesso richiede a stranieri che desiderino adottare un bambino. Una norma di legge che ha voluto Cory Aquino. Prima non esisteva, quando avevano adottato l'altro bambino. Ma adesso sí. Come faceva a fermarsi nelle Filippine per diciotto mesi con la moglie, un ferroviere di Racconigi? Non aveva soldi abbastanza. La moglie era infermiera nelle Usl. Tutt'e due avrebbero perso il lavoro.

Gli avevano anche detto che quella bambina, se restava ancora molto a lungo in quell'istituto, sarebbe morta.

Il 7 gennaio dell'88, Francesco Giubergia andò all'ambasciata italiana di Manila e denunciò la bambina come figlia sua, nata da una sua relazione con una ragazza di Manila, Marlene Vito Cruz, allieva di ostetricia, diciottenne. Iscrisse la bambina nel suo passaporto.

Consegnò all'ambasciata italiana quattro documenti. Il certificato di nascita della bambina, che la diceva nata a Caloocan, un quartiere alla periferia di Manila, in una casa al numero 17 di Langit Street, nella zona di Maypajo, da Francesco Giubergia, italiano, trentacinquenne, impiegato statale, e da Marlene Vito Cruz, nubile, diciottenne. Il riconoscimento di paternità. Una dichiarazione della madre, dove affermava di rinunciare alla bambina, dichiarazione autenticata da un notaio, di nome Sulpicio Benigno. Un'attestazione della magistratura locale, riguardo alla qualifica di *public notary* del signor Sulpicio Benigno.

Cosí hanno riferito i giornali.

I Giubergia, come ho detto, danno una versione diversa. Francesco Giubergia, quando si era trovato a Manila la prima volta, aveva conosciuto una ragazza, e aveva avuto una relazione con lei. La seconda volta, non era venuto là per adottare un qualsiasi bambino, ma per prendere con sé la propria figlia, come gli era stato chiesto dalla giovane madre. È oggi in grado di addurre ancora altri documenti, che confermano che la bambina è sua figlia. Non si era sottoposto alla prova del sangue, come esigevano i giudici, e aveva sbagliato. Si dichiara pronto a sottoporvisi ora. Il suo comportamento con i giudici è stato quello di un inetto e di uno sprovveduto, ma non c'è stato, egli dice, nessun inganno da parte sua.

Il 13 di gennaio, Francesco Giubergia tornò a Racconigi con la bambina. Serena Cruz aveva allora venti mesi. A Racconigi, nella loro casa, c'era l'altro bambino, Nazario. Il fatto che fosse anche lui filippino rese tutto piú facile. Serena vide accanto a sé una faccia che un poco le rassomigliava, e che rassomigliava alle varie facce che aveva sempre visto. Cosí le fu piú facile capire e accettare il resto.

Serena Cruz Giubergia, fu all'anagrafe il nome della bambina.

Era una bambina grossa, con una grossa pancia. La madre adottiva, sapendola sofferente, l'aveva immaginata minuta e gracile. Aveva invece l'aria abbastanza robusta. Era però gonfia, come poi capirono, e come dissero i medici. Aveva occhi larghi, guance tonde, una fitta frangia nera. La madre adottiva vide che aveva nei lobi delle orecchie i buchi per gli orecchini, fatto strano in una bambina di cui certo nessuno si era mai preso cura.

A Racconigi i medici trovarono che aveva i timpani perforati, un'infezione vaginale, e le cavità delle orecchie piene di insetti.

Durante il viaggio la bambina si era affezionata al padre, e respingeva invece, sul principio, la madre. Ma questo durò pochi giorni. Presto la madre ai suoi occhi divenne il centro dell'universo.

Rapidamente imparò l'italiano. Sul principio, la sentivano sempre ripetere una parola nella sua lingua, *tamanà*. Ma una volta che il padre le disse *tamanà*, si offese, e si nascose sotto il tavolo. Evidentemente *tamanà* era una parola che significava un'ingiunzione.

Quei venti mesi trascorsi nell'istituto l'avevano resa una bambina inquieta. Aveva incubi notturni, fobie, abitudini strane. Sul principio, cercava il cibo nei secchi dell'immondizia. Non voleva dormire in un letto ma sempre in terra. Voleva lavarsi le mani tutti i momenti, come temendo di non essere mai abbastanza pulita. A ogni squillo di campanello trasaliva dalla paura. I genitori adottivi si studiarono di darle nuove abitudini e rassicurarla. Erano, a quanto poi tutti dissero, due ottimi genitori, pronti ad ogni sacrificio perché niente mancasse ai bambini. Dato che lavoravano entrambi, presero una *baby sitter*. Passò cosí un anno e mezzo. Serena Cruz amava i genitori e ne era immensamente amata. Amava il fratello. Era adesso una bambina robusta e sana, pur avendo ancora a volte incubi, fobie e turbamenti. A Racconigi la conoscevano tutti. Quella famiglia appariva a tutti una famiglia contenta.

La casa dei Giubergia, che io poi ho visto, è una casetta a due piani, situata in una strada tranquilla, fra casette simili. Ha un piccolo giardino e la campagna intorno. I bambini giocavano in quel giardino giornate intiere. Stavano bene insieme ed erano due bambini felici. Lui di temperamento piú timido, lei piú forte.

I particolari che riguardano i buchi per gli orecchini, i timpani perforati e *tamanà*, non li ho letti nei giornali ma li ho appresi dagli stessi Giubergia, nella visita che ho fatto loro di recente e di cui dirò dopo.

Il Tribunale dei Minori aveva saputo dell'esistenza di quella bambina, che era arrivata da fuori e per la quale non era stata avviata ancora nessuna pratica di adozione. Il 23 di gennaio dell'88 furono convocati i Giubergia. Si presentò la donna, Rosanna Giubergia, dicendo che il marito era indisposto. Parlò d'una relazione adulterina del marito, a Manila. Francesco Giubergia fu riconvocato per il 29 dello stesso mese, e si presentò.

Disse, come già aveva detto all'ambasciata italiana, che la bambina era figlia sua. Aveva avuto una relazione con una ragazza, disse, quando era stato la prima volta a Manila per l'adozione del primo bambino. In seguito aveva saputo che gli era nata una figlia, da una telefonata della ragazza. Non era partito subito non avendo i soldi per il viaggio. Trovati i soldi era andato, aveva preso con sé la bambina e l'aveva portata in Italia. La madre vera non la voleva. Era molto giovane e molto povera. Cosí lui raccontò.

Rosanna Giubergia fu convocata di nuovo, senza il marito. Le fu chiesto quante volte il marito fosse stato con quella ragazza. Rispose che non lo sapeva.

Nel febbraio, Francesco Giubergia fece domanda perché fosse inserita Serena, figlia illegittima, nella propria legittima famiglia.

Il Tribunale dei Minori diede ordine che venisse fatta una prova del sangue. Francesco Giubergia, nel giorno stabilito per la prova del sangue, non si presentò.

Aveva preso un avvocato, e il suo avvocato sostenne che la prova del sangue non poteva essere richiesta perché la bambina risultava riconosciuta da tutt'e due i genitori naturali, anche dalla madre. In seguito, egli cambiò avvocato. Il nuovo avvocato chiese un rinvio. Il nuovo avvocato eccepí l'incompetenza del Tribunale dei Minori a esigere la prova del sangue. Il Tribunale dei Minori respinse l'eccezione e di nuovo sollecitò quella perizia. Francesco Giubergia non si presentò. Dirà in seguito che quella nuova convocazione, non la ebbe allora e la ebbe molto piú tardi. Trascorse cosí l'estate.

Il 27 ottobre, il Pubblico Ministero del Tribunale dei Minori, «prospettando l'inevitabilità che Serena venga in futuro allontanata dal nucleo Giubergia (data la probabilissima falsità del riconoscimento) chiede che la bambina venga inserita in una famiglia affidataria, ovviamente diversa dai Giubergia».

Il 7 novembre il Tribunale accoglie la richiesta del Pubblico Ministero.

Il 17 novembre, i Giubergia sono chiamati in tribunale e gli viene comunicato che non potranno tenere la bambina con loro. A quanto essi affermano, solo allora ebbero paura. Prima, non avevano pensato che qualcuno davvero intendesse portargli via la bambina. Gli impiegati con cui avevano parlato sembravano ben disposti verso di loro e cordiali. Cosí dicono. Quella giornata del 17 novembre la ricordano come una giornata terribile.

Il 6 dicembre, la Corte d'Appello di Torino, per accertare tutta la verità, dispone che siano presi in esame documenti vari.

Il 31 gennaio dell'89, la Corte d'Appello di Torino, sulla base di quei documenti pervenuti nel frattempo, dopo aver accertato che non esisteva nessun atto ufficiale che comprovasse l'avvenuto riconoscimento di paternità, conferma il provvedimento del tribunale.

«Questa Corte si rende conto che togliere una bambina da una famiglia in cui è inserita da un anno (e sulla positività di tale inserimento vi sono negli atti riscontri autorevoli di medici e psicologi) costituisce un trauma assai grave.

«Ma ci sono esigenze di rispetto della legge che sono imposte dalla tutela di interessi pubblici assolutamente preminenti e che il giudice deve, sia pur con sofferenza, garantire. D'altronde quegli interessi pubblici non sono alieni dal coincidere con l'interesse stesso della minore, qualora si consideri la situazione in un'ottica di tempi lunghi. Ritiene questa Corte che, in tale ottica, non sia affatto pregiudizievole all'interesse della bambina inserirsi in una famiglia piú limpida dell'attuale: una famiglia la cui accoglienza e la cui oblatività le consentiranno certamente di riassorbire rapidamente il trauma, grazie anche alla particolare plasticità dell'età».

La legge 184 sulle adozioni, del 4 maggio 1983, dice:

«Chiunque, non essendo parente entro il quarto grado, accoglie stabilmente nella propria abitazione un minore, qualora l'accoglienza si protragga per un periodo superiore a sei mesi, deve, trascorso tale periodo, darne segnalazione al giudice tutelare, che trasmette gli atti al Tribunale dei Minorenni con relazione informativa. L'omissione della segnalazione può comportare l'inidoneità ad ottenere affidamenti familiari o adottivi...

«L'omissione della segnalazione può comportare la decadenza della potestà sul figlio a norma dell'articolo 330 del codice civile, e l'apertura della procedura di adottabilità».

Francesco Giubergia, nel dichiarare sua la bambina, aveva mentito secondo i giudici, e non c'era nessuna parentela fra lui e Serena. Dunque aveva, secondo i giudici, *omesso* la segnalazione. Però la legge dice: l'omissione *può* comportare la decadenza della potestà sul figlio. I giudici hanno agito come se dicesse *deve*.

Nessuno dei giudici si era mai mosso per venire a vedere la bambina. L'avevano vista soltanto due dottoresse delle Usl. La frase «autorevoli riscontri di medici e psicologi» allude forse a quelle due dottoresse. Entrambe avevano testimoniato che i genitori adottivi la bambina la tenevano bene e che era in buona salute. Nemmeno era mai venuto a vederla il tutore nominato d'ufficio.

Il fatto che nessuno dei giudici, né il tutore nominato d'ufficio, si sia mai mosso per venire a vederla, nella casa dei Giubergia, durante tutti quei quattordici mesi, a me sembra enorme, e senza spiegazioni.

La vide il professor Vittorino Andreoli, psichiatra, chiamato dai Giubergia. Si trattenne in casa dei Giubergia una intiera giornata. Scrisse una lunga relazione che fu subito trasmessa ai giudici. Affermava che la bambina soffriva di fobie e di incubi. Portarla via dalla casa dove viveva da quattordici mesi appariva estremamente pericoloso. Andreoli era però un perito di parte. Come mai nessuno psicologo del Tribunale fu chiamato allora, per riscontrare se la relazione di Andreoli corrispondeva al vero?

Il 7 marzo il paese di Racconigi, un paese di diecimila abitanti, entra in sciopero. Restano chiusi i negozi, le trattorie, i bar. Tutto il paese, con il parroco e il sindaco, tutto il paese unito chiede, «in nome della vera giustizia», che Serena sia lasciata ai genitori adottivi e nella sua casa.

Si costituisce a Racconigi il comitato «pro Serena Cruz». Nel municipio si raccolgono firme di solidarietà ai Giubergia. Del fatto danno notizia con gran rilievo i giornali. Altri comitati «pro Serena» si costituiscono nelle varie regioni d'Italia. Vengono raccolte firme, dappertutto, a migliaia.

Interviene, presso i giudici, il Presidente della Repubblica. I giudici, «a mani giunte», lo scongiurano di non intromettersi nel loro operato.

Perché giungere le mani? Invece di giungere le mani, non potevano andare a Racconigi, a vedere se quella bambina, con quei genitori che dicevano illegali, stava molto bene o molto male? Non era un loro stretto dovere andarci, prima di assumersi una responsabilità cosí grave, e prendere una decisione che, a quanto affermavano, li faceva soffrire?

Il 17 marzo, la madre adottiva illegale, Rosanna Giubergia Gaveglio, dice a Serena che la condurrà all'asilo, dove potrà giocare con molti bambini. Le assistenti sociali, venute al mattino presto, danno ordine che Nazario venga chiuso in una stanza della casa e che non gli sia detto nulla. Rosanna Giubergia veste Serena e le infila sulle spalle uno zainetto a forma di orso, comperato da poco. La prende in collo e la porta nella comunità-alloggio della Provincia. Cosí le è stato comandato di fare. Ubbidisce, temendo l'intervento della polizia. Intorno alla comunità-alloggio, c'è uno stuolo di carabinieri. «Neanche fossimo stati brigatisti rossi» osserverà Rosanna Giubergia piú tardi. I carabinieri, nel vederla entrare con la bambina, abbassano la testa, come si vergognassero di esser lí. Nella comunità-alloggio, Serena piange e urla disperatamente, aggrappandosi alla madre. Vuole ritornare a casa. Le assistenti sociali gliela strappano dalle braccia. La conducono in un'altra stanza e a lei dicono di andar via. Potrà poi tornare a vedere la bambina, le dicono, quando vorrà. Rosanna Giubergia torna a casa in lagrime. Le hanno mentito, perché non gliela faranno piú vedere. Né a lei, né al fratello, né al padre.

Un conoscente dei Giubergia, dalla strada, sente quelle urla disperate, e ancora oggi ne ricorda il suono straziante, che è durato per molte ore.

A Nazario, che la vede rientrare sola, la madre deve spiegare che Serena quella notte dormirà fuori. Il giorno dopo, di nuovo deve dargli qualche spiegazione. Lo so che non è colpa tua se non torna a casa, le dice il bambino. È colpa di quelle signore che venivano a prendere il caffè.

Quando è entrata nella comunità-alloggio, Serena aveva gli orecchini. La madre glieli aveva comperati, visto che aveva i buchi nei lobi delle orecchie. Al collo aveva una catenina d'oro, regalatale dalla nonna, cioè dalla madre di Francesco Giubergia, che abita anche lei a Racconigi, in una stradetta poco lontano da casa loro. Serena amava molto questi piccoli gioielli. Nella comunità-alloggio glieli hanno subito tolti. Niente doveva restare su di lei che le ricordasse il tempo trascorso.

In quella comunità-alloggio, dove era piovuto subito uno stuolo di giornalisti, Serena rimase soltanto otto ore. Nella notte la portarono via, in un'altra comunità-alloggio che a tutti fu tenuta segreta.

Don Aldo Marengo, parroco di Racconigi, dopo qualche giorno venne a sapere che la bambina aveva incessantemente crisi di pianto e convulsioni. Venne a sapere che alla assistente che una sera lo diceva, un pediatra suggerí di sciogliere a Serena, nella minestra, qualche goccia di valium. In seguito le furono somministrati, per calmarla, altri e diversi tranquillanti. Piú tardi il parroco negò d'aver sentito queste voci. Affermò che a lui non era stato mai detto nulla.

Il 21 di marzo, i Giubergia presentano ricorso contro la sentenza. Francesco Giubergia chiede che la bambina gli sia restituita, e data in affidamento. La difesa afferma che la bambina, separata dalle persone di casa sua, certamente soffre. Soffrirebbe qualunque bambino. Ma Serena Cruz piú d'un altro, perché, come dice la relazione del professor Vittorino Andreoli, è fortemente disturbata e ha fobie e incubi, per l'abbandono e le privazioni patite nel suo primo anno di vita, a Manila, nell'istituto.

Il 31 di marzo, il ricorso viene respinto. Avrebbe potuto essere accolto, dicono i giudici, unicamente se fosse accaduto qualche fatto nuovo. Se la bambina davvero avesse dato segni di grande sofferenza, nella situazione nuova. Dunque i giudici ammettono che avrebbero potuto decidere diversamente, se l'avessero ritenuto opportuno. Dunque ammettono che non è vero che non gli era possibile. Gli era possibile, e non l'hanno fatto.

La bambina, a dire dei giudici, non presentava alcun segno di sofferenza. Lo testimoniavano gli operatori che la assistevano, e la psicologa e il medico che l'avevano visitata là dov'era adesso. Avevano allegato anche delle documentazioni audio-visive. Mangiava con piacere e giocava con gli altri bambini. Non una volta aveva chiamato la madre.

Questo troviamo difficile crederlo. Riguardo alle documentazioni audio-visive, non ci sembra possano dimostrare nulla. È chiaro che un bambino può mangiare e giocare, e disperarsi dopo qualche istante. Piú vero, piú plausibile e piú normale ci sembra quello che sul principio aveva detto d'aver saputo il parroco.

Piú plausibile, piú normale e anche meno allarmante. Difatti è noto che in un bambino, un atteggiamento di indifferenza in una circostanza dolorosa è un pessimo indizio. Auguriamoci dunque che Serena abbia urlato e pianto, di giorno e di notte, come abitualmente urlano e piangono, divisi dalla madre, i normali bambini.

Come abbiamo detto, non soltanto non l'avevano vista i giudici, nella casa dei Giubergia, ma nemmeno l'avevano vista i diversi psicologi consultati in seguito dal Tribunale, né alcuna fra le persone che dovevano decidere del suo destino. Una psicologa del Tribunale parlò di lei alla televisione, interrogata da Enzo Biagi, e disse di non averla vista se non *dopo*, quando già era nella comunità-alloggio. Disse che l'aveva trovata allegra, una bambina che appunto giocava e mangiava, e non sembrava per nulla avvertire l'assenza del fratello e dei genitori.

È stato fatto notare che, salvo per quella psicologa comparsa in televisione, i nomi degli psicologi del Tribunale sono sempre stati taciuti dai giudici.

In seguito a quella trasmissione televisiva, Giovanni Bollea, neuropsichiatra infantile, in un articolo sulla «Repubblica» scrisse d'avere avuto l'impressione che quella psicologa, e in genere i tecnici, fossero «completamente fuori strada». Che quella apparente indifferenza osservata nella bambina, se corrispondeva al vero, era in realtà *una depressione camuffata*, *un lutto psicologico*. La bambina era in un'età difficile, scrisse, perché a tre anni un bambino si trova a una svolta. E in particolare doveva essere tutto difficile in una bambina che aveva subíto, nella sua terra d'origine, i patimenti dell'incuria e dell'abbandono. Bollea dichiarò di ritenere necessaria una superperizia, che riunisse gli psicologi del Tribunale, il professor Vittorino Andreoli, il quale era il solo che avesse visto la bambina quando ancora stava dai Giubergia, e altri psicologi scelti dallo stesso Andreoli. Questa superperizia con il professor Andreoli, non risulta sia mai stata eseguita, né risulta che Andreoli mai sia stato chiamato a rivedere la bambina nella sua situazione nuova. A quanto si sa, gli offersero di mostrargli soltanto le documentazioni audio-visive, ed egli rifiutò.

Le parole del Tribunale, *la plasticità dell'età*, cioè la facilità con cui un bambino di pochi anni supera una perdita e se ne consola subito, erano secondo Bollea completamente erronee, ed erronee erano d'altronde agli occhi di tutti, perché tutti ormai sanno bene che quanto ci accade nella prima infanzia lo portiamo dolorosamente stampato nell'anima, consciamente o inconsciamente, per sempre.

«Serena sta meglio adesso» dichiararono uniti i giudici. Adesso? Nella comunità-alloggio dove era stata portata? Meglio che dai Giubergia? E come facevano a saperlo i giudici, se non l'avevano mai vista prima?

Riportiamo uno stralcio della sentenza del 31 marzo.

«Il professor Andreoli, per incarico dei ricorrenti, visitò Serena *quando la bambina si trovava ancora presso la famiglia Giubergia* (questa frase è in corsivo nel testo). Nella sua relazione egli afferma che la bambina presentava una serie impressionante di fobie (paura del treno, paura del campanello, la mania di lavarsi le mani, il suo sonno era disturbato da incubi, manifestava sudorazione e pianti notturni...)

«La psicologa e il medico del Tribunale, che hanno visitato Serena *dopo il suo allontanamento dai Giubergia* (di nuovo il corsivo è nel testo) hanno riscontrato una netta diminuzione se non una scomparsa dei sintomi di cui sopra. La bambina fin dalla prima notte ha dormito tranquillamente, non ha paure, né tremiti, né incubi durante il sonno... – si alimenta abbondantemente, accettando cibi e bevande prima non graditi, dorme sonni prolungati e tranquilli, nell'ambiente in cui trovasi ha socializzato con i coetanei...»

Sta meglio, dissero i giudici, perché i Giubergia avevano con lei un rapporto *ansiogeno*, impaurito, e pieno di sensi di colpa. Ammettiamo che i Giubergia avessero con lei un rapporto *ansiogeno*. Come è mai possibile che una bambina allevata in un rapporto *ansiogeno*, e con fobie e incubi e tremori, guarisca di colpo e magicamente appena allontanata da casa? Chi ci crede? E riguardo a tutti quei sonni «prolungati e tranquilli», come non pensare che l'abbiano imbottita di farmaci?

O i Giubergia avevano con lei un rapporto *ansiogeno*, e allora questo lascia tracce nel tempo e non svanisce nello spazio di poche ore. I danni di un rapporto *ansiogeno*, se ci sono stati, non guariscono cosí in fretta. O invece l'hanno tirata su bene, come ha detto la gente del paese che la vedeva ogni giorno, cercando di aiutarla e rassicurarla in tutte le difficoltà che aveva, e questo ha fatto di lei una bambina, nonostante le fobie e gl'incubi, però sostanzialmente forte e sana. Che la separazione dal fratello e dai genitori le abbia generato una devastazione nella mente e nell'anima, è sicuro. Non c'è bisogno di essere degli psicologi per capirlo. Comunque il dolore che l'ha colpita e le sue conseguenze si riveleranno fra molti anni. *L'ottica dei tempi lunghi*, di cui parlano i giudici, significa pensare a Serena fra quindici o venti anni.

La sua apparente indifferenza al distacco, descritta dagli psicologi del Tribunale con evidente soddisfazione, la sua disinvoltura e la sua calma, se reali, sono un segno non di salute o di equilibrio ma unicamente di autocontrollo e simulazione. Un segno della capacità di nascondere il proprio stato d'animo, di dominare e nascondere la propria angoscia e desolazione interiore. Va comunque tenuto conto del fatto che quegli psicologi avevano davanti una bambina *mai vista prima*.

Ammettiamo che il rapporto dei Giubergia con la bambina fosse davvero un rapporto *ansiogeno*. Ammettiamo che nella casa si addensassero ombre e ansie. I giudici, quella casa non l'hanno mai vista, ma la pensano immersa in un'atmosfera opaca. Ammettiamo pure che i Giubergia avessero dei sensi di colpa. Ma alla bambina volevano bene e volendole cosí bene erano felici con lei. Si può essere nello stesso tempo felici, ansiosi, spaventati. Carichi di sensi di colpa e insieme felici. Il vero affetto non può essere opaco. Il vero affetto è limpido e rende limpida l'aria.

E in verità quante sono le case, le famiglie, dove non ci sono né ansie, né paure, né sensi di colpa di origine varia, palesi o segreti? Ne conoscono molte di queste case, molte di queste beate famiglie, i giudici di Torino?

Francesco Giubergia ha chiesto che lo mettessero in carcere, ma la bambina fosse risparmiata e lasciata in pace nella casa. A quanto si sa, non ha mai ammesso d'aver mentito. A quanto si sa, ha soltanto ammesso di essere stato, nelle pratiche, disordinato o trascurato. Dai giornali si sa che ha chiesto che lo mettessero in carcere. La sua richiesta non è stata accolta.

Perché non l'hanno portato in carcere, se lo consideravano colpevole e se lui stesso lo chiedeva, non l'ho capito. Perché, mi ha risposto qualcuno, condannarlo a un'ammenda o a pochi mesi di carcere non sarebbe stato né abbastanza significativo né abbastanza esemplare. Significativo, esemplare agli occhi di tutti era soltanto privarlo della bambina. Non è stato portato in carcere perché, ha detto uno dei giudici, lui e la moglie hanno già molto sofferto e d'altronde si sono resi conto dei loro errori. Questa subitanea e inaspettata pietà, riversata a un tratto su due persone dalle mani stesse che gli hanno tolto una figlia, l'ho trovata stranissima.

Da articoli di giornali usciti fra il marzo e il maggio dell'89, e da commenti vari, traggo alcuni stralci. Non sono riportati in ordine cronologico, ma presi a caso in tempi diversi.

«Non posso prescindere dalle norme, sono un magistrato».

CAMILLO LOSANA, Presidente del Tribunale dei Minori di Torino, da «La Stampa», 18 marzo 1989.

«Non sono i genitori che devono scegliere il bambino che piú gradiscono. È un principio sbagliato e un atto egoistico... – Non accetto la farsa dei genitori che ora dicono: "questa bambina sarà strappata alla sua famiglia". Non è forse già stata strappata una volta dal suo ambiente?»

MARIA GRAZIA BREDA, dell'Associazione Nazionale Famiglie adottive e affidatarie (Anfaa), da «La Stampa», 8 marzo 1989.

«Il suo ambiente» era un istituto dove i bambini cercavano il cibo nella spazzatura. Dove magari avevano i timpani perforati, e insetti nelle cavità delle orecchie.

«Io ricordo anni fa una coppia che desiderava moltissimo adottare un bambino. Frequentavano il brefotrofio, ogni volta (abitavano a Tolentino) era un viaggio e una spesa, e si era stabilito fra loro e una piccola ricoverata un grande affiatamento. Questo è durato piú di un anno, mentre le pratiche adottive andavano avanti straccamente... – poi a un tratto tutto si è interrotto.

«Il comportamento della coppia era stato giudicato scorretto perché mai, andando a visitare un bambino, avrebbero dovuto manifestare una qualche preferenza. Il loro dovere di futuri genitori era quello di passare fra i piccoli ricoverati come Dio in una nube. E nessuno avrebbe mai affidato loro quella bambina, che, come li vedeva, si tirava su e dava segni di gioia.

«È passato molto tempo, quella coppia è ormai in pensione, si è comprata una casa in campagna dove coltiva fiori, alleva polli e conigli. Quella bambina non l'ha mai piú rivista».

ROSETTA LOY, dal «Corriere della Sera», 5 aprile 1989.

«In questa vicenda non si fronteggiano una giustizia formale e una giustizia sostanziale. La contrapposizione, caso mai, è tra una legge giusta e civile, che tutela i bambini di ogni nazionalità, e la legge dei furbi, che premia i colpi di mano e le frodi».

GRAZIANA CALCAGNO, Procuratore della Repubblica, da «La Stampa», 8 marzo 1989.

«La campagna di stampa che si sta svolgendo è distruttiva... – Non hanno dimostrato nessun rispetto. – È risaputo che a seconda di come si presentano le notizie si scatenano reazioni diverse. Se si fosse data una informazione corretta sin dall'inizio, la sollevazione popolare non ci sarebbe stata. – ... Il pubblico non ha tutti gli elementi per giudicare. Cosí compie degli atti inconsulti, come il minacciare. E le persone come me non possono lavorare in pace».

GRAZIANA CALCAGNO, da «La Stampa», 30 marzo 1989.

Il pubblico «non ha tutti gli elementi per giudicare». E i giudici? Li avevano, i giudici, in questa precisa circostanza, tutti gli elementi per giudicare?

Loro, che Serena Cruz non l'avevano mai vista?

«C'è in Italia una legge provvida ed avanzata, che difende i bambini contro frodi, sfruttamenti, mercificazioni da parte degli adulti. È la legge 4 maggio 1983, n. 184.

«Ogni sconfitta di questa legge è una sconfitta dei bambini e della loro difesa. Ogni indulgenza verso la frode è un incoraggiamento ai frodatori, a chi specula sui bambini, a chi ne fa mercato.

«Molti affermano che quella legge ha il difetto di non essere abbastanza severa. Ma quella legge, anche cosí com'è adesso, è importante e preziosa, e deve essere applicata con fedeltà e rigore contro ogni tipo di frode.

«I frodatori sono assai numerosi, come ben sanno i giudici minorili, i quali hanno frequente esperienza di falsi riconoscimenti di paternità naturale attraverso i quali si attua un ignobile mercato di bambini, purtroppo assai vasto. E i frodatori si aspettano che la legge a difesa dei bambini – cosí com'è oggi – riveli qualche falla, qualche smagliatura; che i giudici facciano qualche "eccezione", attraverso cui sia possibile infilarsi e far saltare, o quanto meno erodere, il sistema di difesa.

«La legge non prevede, oggi, eccezioni di sorta. E i giudici tradirebbero il loro compito se forzassero la legge, introducendo arbitrarie eccezioni.

«È drammatico, ma è cosí. Non si tratta, dunque, di uno scontro fra "amore" e "burocrazia", fra i "buoni" che invocano le ragioni del "cuore" e i "cattivi" che esercitano un potere ingiusto e insensato. *Qui è in gioco l'interesse di molti bambini*. È "amore" ed è "giustizia" anche il farsi carico della difesa di *tutti* i bambini.

«È certissimo che i Giubergia non hanno fatto "mercato" di bambini. Ma è altrettanto certo che essi hanno frodato la legge, in modo grave, palese, indiscutibile, e l'hanno frodata con un'ostinazione che è durata dal gennaio 1988 al febbraio 1989.

«Il provvedimento del Tribunale per i Minorenni non intende punirli (d'altronde è gente che ha sofferto assai e che ha ormai capito d'aver sbagliato). Intende affermare che la frode a questa legge non ha scampo, né scappatoie, né ripieghi; che i giudici non possono fare eccezioni quando la legge eccezioni non prevede; che chiunque intenda strumentalizzare i bambini con falsi riconoscimenti o con menzogne di analogo tipo non potrà contare su "condoni" e non potrà farsi forte del "fatto compiuto" per accampare "diritti".

«I giudici... hanno concluso che il loro dovere è quello di decidere tenendo conto non solo di Serena, ma dei molti bambini che questa legge è destinata a difendere...

«... Chiedono ai Giubergia, ai loro amici, ai "mass-media", un grande senso di responsabilità e uno sforzo di serenità e di equilibrio; per il bene di Serena, che ha bisogno di vivere l'attuazione del provvedimento del tribunale senza scontri, clamori, senza inutili coinvolgimenti emotivi, senza essere trasformata in bambina-simbolo o bambina-bandiera...»

RODOLFO VENDITTI, Presidente della Corte d'Appello di Torino, sezione speciale per i Minorenni, da «La Stampa», 21 marzo 1989: un frammento della sentenza di secondo grado.

A trasformare Serena Cruz in bambina-simbolo o bambina-bandiera, non è stata tanto l'opinione pubblica quanto proprio gli stessi giudici. Difatti essi hanno stabilito che fosse lei a difendere l'universalità dei bambini contro l'universalità delle frodi.

«Decisamente squilibrata è l'opinione degli italiani, perché alla quasi unanime assoluzione del modo, per non dire altro, scorretto tenuto dai coniugi per giungere al loro scopo, sia violando la legge filippina sia violando quella italiana sia perseverando nella menzogna sin da quando questa già nei primi giorni dopo il ritorno era stata scoperta, ha corrisposto una condanna quasi altrettanto unanime di una sentenza che chiunque abbia letto con il desiderio di capire la complessità della situazione e senza pregiudizi non può non riconoscere scritta con rigore e insieme con grande senso di comprensione non solo per il dramma di Serena ma anche per quello di tutti i bambini che sono ormai sempre piú spesso oggetto (anche se questo non è il caso di Serena) di mercato.

«Non siamo tanto lontani dall'ipotesi che un giorno o l'altro, se questo andazzo non verrà ostacolato (e chi può ostacolarlo se non una legge e dei giudici?) uno spregiudicato imprenditore si metta in testa di assoldare uno stuolo di madri prolifiche (naturalmente in miseria) cui farà produrre bambini da mettere in vendita al migliore offerente, il quale potrà recarsi nello strano negozio a comprare un bambino come ora si reca al mercato per comprare un vestito o un tacchino».

NORBERTO BOBBIO, da «La Stampa», 29 marzo 1989.

«Sono io il primo a riconoscere che non è facile stabilire quale dei due beni, una famiglia ritrovata per Serena, o il rispetto d'una legge che mira a proteggere non solo Serena ma tanti altri bambini... pesi di piú sui due piatti della bilancia. È certamente uno di quei casi che i giuristi chiamano "difficili": uno di quei casi in cui il conflitto degli interessi, che un giudice è chiamato a risolvere, è reso ancora piú aspro dalle ragioni del cuore, alle cui lusinghe si cede piú volentieri, e le ragioni della ragione...»

NORBERTO BOBBIO, da «La Stampa», 1° aprile 1989.

«Il problema dei bambini adottati di fatto, cioè non a norma di legge come Serena, è che nessuno difende i loro interessi qualora abbia luogo un provvedimento giudiziario. Il Tribunale dei Minori si preoccupa solo di applicare la legge, gli avvocati di parte difendono i genitori naturali o quelli abusivi, e se viene a decadere la potestà genitoriale, come per lo piú accade, per il bambino viene nominato come tutore il Comune, un ente astratto che, nella maggior parte dei casi, ratifica le decisioni dei giudici... Parla Anna Galizia Danovi, avvocato che tre anni fa difese, in una causa analoga a quella di Serena, un altro bambino... il piccolo Alessandro, affidato dai genitori napoletani e terremotati a una coppia del Nord, perché lo sottraessero alle miserie e alla strada. Ma questo affidamento fu ritenuto illegale, e il bambino venne portato via alla coppia che con amore l'aveva allevato per piú di due anni, e anche ai suoi genitori biologici, che comunque conosceva e visitava. Internato in un istituto, non se ne sa piú nulla.

«... Racconta l'avvocato Danovi: "Alessandro era un bambino stupendo, allegro, felice. Noi facemmo fare una perizia psicologica, dalla quale risultava che era vivace, ben inserito, e aveva un ottimo rapporto con i genitori affidatari. Ma al Tribunale dei Minori questo non interessava. Stabilirono che doveva essere portato via e emisero un decreto d'urgenza: se la madre adottiva non avesse collaborato, sarebbero ricorsi alla forza pubblica. Io consigliai alla donna di obbedire, convinta che nell'interesse del bambino il Tribunale avrebbe desistito. Invece non fu cosí.

«"Alessandro cambiò completamente. Rifiutava il cibo, i giochi, regredí sino a perdere il controllo delle funzioni fisiologiche, e poi cadde in una sorta di abulía: non faceva che dormire. Tanto che lo psicologo provò a intervenire presso i giudici... Inutilmente.

«"Le perizie psicologiche non vengono nemmeno prese in considerazione, anzi la psicologia viene strumentalizzata... si chiede allo specialista di diventare un collaboratore... di intervenire affinché il trauma risulti 'accettabile'. Come se fosse possibile. Anzi, sostengono gli specialisti, un apparente adattamento può essere peggio di un'aperta ribellione, in quanto in esso si annidano le radici della depressione suicida.

«"... Si dovrebbe poter nominare un avvocato difensore del bambino, che i magistrati avessero l'obbligo di sentire prima di emettere qualsiasi provvedimento d'urgenza – propone l'avvocato Danovi. – E poi pensare a un modo di punire la coppia colpevole, senza però infierire contro il minore. C'è stato un caso a Roma in cui il magistrato ha lasciato alla famiglia una bimba adottata 'di fatto', perseguendo però il padre, che l'aveva dichiarata sua figlia naturale, per falso in atto pubblico"».

VIVIANA KASAM, dal «Corriere della Sera», 24 marzo 1989.

«... La legge riservava ai giudici una larghissima possibilità di valutazione autonoma, tanto è vero che in casi analoghi altri giudici hanno deciso in una maniera del tutto diversa. E non è vero che i giudici non possono mai prendere in considerazione situazioni via via consolidate nel tempo. Due anni fa, proprio quel Tribunale dei Minori di Torino, oggi cosí criticato, non aveva escluso la possibilità di valutare le situazioni di fatto che avessero determinato "rapporti di indubbia significatività"».

STEFANO RODOTÀ, da «l'Unità», 19 aprile 1989.

«Tenuto conto che i magistrati hanno sempre applicato correttamente una giusta legge dello Stato, sono sconcertanti le pesanti e ingiustificate interferenze del Presidente della Repubblica... del Ministro di Grazia e Giustizia Giuliano Vassalli e del Ministro per gli Affari Sociali, Rosa Russo Jervolino».

Da una dichiarazione dell'Anfaa, frammento riportato da «La Stampa», 31 marzo 1989.

«Anziché tener conto degli interessi generali futuri, i giudici avrebbero dovuto curare l'interesse della piccola Serena, perché questo era il loro compito.

«... I giudici non erano vincolati dalla legge ad allontanare Serena dalla famiglia Giubergia».

GIULIANO VASSALLI, in un intervento alla Camera, 3 maggio 1989.

«Nell'incontro con i Giubergia ho riportato l'impressione di aver a che fare con brave persone, che hanno commesso un enorme illecito giuridico, ma che non sono dedite al traffico dei bambini...»

ROSA RUSSO JERVOLINO, parole riferite dal «Corriere della Sera», 23 marzo 1989.

«A Napoli, per un caso di sospetto falso riconoscimento è stata presa una decisione completamente diversa... Il bambino si chiama Oreste Migliaccio, e la Corte d'Appello ha autorizzato la famiglia a tenerselo in casa perché secondo i magistrati, pur avendo forti perplessità sulla paternità, è prioritaria la salute del bambino. E allora? dov'è la verità? chi ha ragione, i napoletani, i torinesi?»

Da «la Repubblica», 15 aprile 1989.

«Aver separato la bambina dai genitori è stata una forma di crudeltà e non saprei definirla altrimenti. Una decisione assolutamente inammissibile, che lede il sentimento degli uomini e non fa onore alla giustizia».

NILDE JOTTI, in una trasmissione televisiva, parole riferite da «la Repubblica», 19 aprile 1989.

«Allargando il discorso alla realtà italiana delle adozioni, il Presidente della Camera si è chiesto "perché ci sono tante richieste di adozioni, specialmente nel centro-sud, e invece poche adozioni effettive". "Io – ha aggiunto – una risposta l'avrei. Non vorrei che dietro a tutto questo ci fosse l'interesse degli istituti a restare in vita"».

Da «la Repubblica», 19 aprile 1989.

Il sospetto che «dietro a tutto questo ci sia l'interesse degli istituti a restare in vita», è venuto non solo al Presidente della Camera, Nilde Jotti, ma anche a molti altri.

«Questi giudici ora intransigenti e ora vittimisti... prima hanno fatto credere che la loro decisione fosse imposta dalla legge, che invece dava loro ampia facoltà di decidere diversamente. Poi – è il caso del giudice Venditti – hanno fatto ricorso ad un'argomentazione cosí squisitamente politica da giustificare il sacrificio di Serena in nome di una sorta di ragion di stato in difesa della legge vigente, dimenticando che il nostro ordinamento giuridico non prevede la sentenza esemplare...»

GIAN GIACOMO MIGONE, da «l'Unità», 27 aprile 1989.

«Si poteva assumere un provvedimento diverso, e sarebbe stato legittimo... Se fossi ancora giudice, avrei comunque deciso come i magistrati di Torino».

«Non credo che sia utile una modifica della legge, se non in alcuni dettagli. Faccio un esempio: possiamo anche decidere che un bambino che riesce a restare in una famiglia per diciotto mesi non possa essere allontanato. Ma quando il magistrato allontanerà il bambino dopo diciotto mesi e un giorno, ci sarà chi griderà al "giudice bastardo"».

PAOLO VERCELLONE, Presidente dell'Associazione dei giudici minorili, da «l'Unità», 7 maggio 1989.

Ma non dovrebbero essere fatte le leggi in modo che non basti la differenza di un giorno a rovesciare una situazione? E non dovrebbero essere i magistrati pronti a intendere le norme delle leggi nel loro spirito, e applicarle non già nella loro forma bensí nel loro spirito, rifiutando di seguire strade magari giuridicamente ineccepibili ma implacabili contro gli esseri umani?

«Ci sono colleghi, una piccola percentuale, che hanno espresso perplessità su come è stata trattata la vicenda di Serena Cruz».

MELITA CAVALLO, predecessore di Paolo Vercellone alla presidenza dell'Associazione dei giudici minorili, da «La Stampa», 7 maggio 1989.

«Serena ha subito quattordici mesi di *violenza* a Racconigi. Questa violenza è cessata quando i giudici di Torino l'hanno tolta ai Giubergia».

GIORGIO PALLAVICINI, Presidente dell'Anfaa, in un intervento in un convegno di Rimini, a cui era presente il Comitato «pro Serena» di Racconigi.

«Non è possibile costruire la credibilità della legge sulla vita del minore.

«La risoluzione del "caso Serena" può servire a risolvere molte altre vicende dolorose relative ai minori, in parte rese note dalla stampa e in parte ancora sommerse».

Il Comitato «pro Serena» di Racconigi.

2.

Secondo i giudici, la menzogna e la frode di Francesco Giubergia sono simili alla menzogna e alla frode d'un uomo che seduce una ragazza dicendosi libero mentre è già sposato. Non è un paragone giusto. Un uomo che è già sposato e seduce una ragazza dicendosi libero, non potrà mai sposarla, e l'ha dunque ingannata sull'avvenire. Ma Francesco Giubergia, se ha mentito ai giudici, non ha ingannato nessuno sull'avvenire. Se ha mentito, se non è il padre vero della bambina, come i giudici affermano, si impegnava tuttavia a farle da padre. Il fatto che la bambina non fosse sua figlia di sangue, come dicevano i giudici, non cambiava niente all'impegno che egli prendeva a esserle padre, a crescerla e a far sí che diventasse adulta nella sua casa.

Che le menzogne e le frodi possano essere pericolose per il corso delle adozioni, è certamente vero. Passarci sopra può creare un precedente pericoloso. Fanno spavento le illegalità nelle adozioni. Fa spavento la compra-vendita dei bambini. Qui non c'era stata una compra-vendita, l'hanno dichiarato gli stessi giudici. Però c'era stata, a quanto essi affermano, un'illegalità, una frode.

Ma perché dei giudici devono avere tanto timore di creare un precedente, perché devono averne cosí timore da essere spinti a compiere un'azione spietata? Quando si pensa a un possibile rischio, bisogna affilare e perfezionare i propri strumenti, farsi forti, aguzzare lo sguardo sull'avvenire. Però agisce male chi, adducendo paure, rinunci a osservare intensamente il presente, il luogo dove oggi si trova. Agisce male chi, nell'evocare immagini astratte, perda il senso del presente nella sua concretezza, nella sua singolarità e realtà.

Preferiamo far correre pericoli a mille immagini astratte, evocate in astratto nella nostra mente, o mettere in pericolo e infine colpire a sangue nel presente una persona singola e reale che ci troviamo davanti agli occhi, un inerme bambino? Preferiamo difendere le visioni che stanno nella nostra testa o difendere intanto la realtà concreta? Il punto è questo. Cosa preferiamo?

Che la frode di Francesco Giubergia, se c'è stata, fosse pericolosa, è vero. Ammettiamo che ci sia stata. Ammettiamo che tutto sia come hanno detto i giudici e come hanno riferito i giornali.

Che fosse pericolosa, è vero. Essendo pericolosa, era anche grave. Però, a osservarla nel suo contesto, nel suo intiero contesto, a me non riesce di considerarla veramente grave. Se la pensiamo nel quadro di tutto quello che succede oggi in Italia, se la pensiamo accanto alle frodi ignobili, abbiette e sinistre che vengono commesse ogni giorno, per motivazioni abbiette e ignobili, allora il rozzo inganno di quest'uomo, se c'è stato, appare un inganno leggero. Ricordiamo che gli hanno detto che la bambina moriva e che lui doveva fare in fretta se voleva salvarla. Non l'ha comprata. Il mercato dei bambini è una cosa turpe, ma lui è innocente di questo mercato, l'hanno dichiarato anche i giudici. Se ha mentito, ha mentito per fare in fretta. Ha mentito con leggerezza e incoscienza. Ma la sua motivazione era generosa. In ogni frode, e perfino in ogni delitto, è chiaro che i giudici guardano tante cose insieme, le fisionomie, le motivazioni, tutti i minimi particolari e i tempi che hanno preceduto il fatto e che gli sono succeduti. Ma soprattutto guardano le fisionomie e le motivazioni. Cosí almeno dovrebbero fare. Non lo so se lo facciano sempre. Qui però comunque i giudici sembra abbiano fissato gli occhi unicamente sulla menzogna e sulla frode, ignorando o trascurando il resto. È necessario, hanno detto, impedire ai furbi di farla franca. Giubergia però non era un furbo. Era tutto fuorché un furbo. Non riesce difficile immaginare perché, se aveva cominciato a mentire, abbia persistito a lungo nella menzogna. Si era cacciato in una siepe di spine e si aggrappava a quelle spine non sapendo come districarsene.

E di nuovo è necessario ricordare che lui certo aveva pensato di agire nell'interesse della bambina.

Il fine non giustifica i mezzi, come è noto. Difatti il fine di salvare un bambino dalla sofferenza non giustifica giuridicamente un'azione illegale. Ma le parole «il fine non giustifica i mezzi» possono essere pensate da un punto di vista opposto. Il fine di proteggere l'universalità dei bambini non giustifica un'azione crudele compiuta sulla persona di un solo bambino, inerme, innocente, ignaro.

Il fine non giustifica i mezzi: in qualche modo non sono giustificati né i Giubergia se hanno mentito, né i giudici. Ma è necessario mettere di fronte la gravità dell'illegalità e la gravità della crudeltà usata nel colpire un innocente. È necessario mettere di fronte la gravità di questa illegalità, fatta di leggerezza e perciò piú comprensibile, e la gravità di questa crudeltà, usata contro un innocente e perciò incomprensibile e spietata. È necessario chiedersi quale sia l'azione piú giusta, nella luce della vera giustizia. Questa luce, nella vicenda di Serena Cruz, i giudici non si sono curati di accenderla. I giudici hanno agito al buio.

Ammettiamo che Francesco Giubergia abbia mentito alla legge, perché non era il vero padre di Serena, come dicono i giudici. Però è in verità cosí diverso essere un vero padre di sangue, o non esserlo? Quando un uomo assume, con se stesso e davanti agli altri, l'impegno severo di fare da padre a un bambino, è cosí diverso se esistono o non esistono fra lui e quel bambino dei legami di sangue?

Dicono: i Giubergia hanno persistito troppo a lungo nella menzogna. I giudici si sono inaspriti, e perciò hanno agito come hanno agito.

Ma i giudici non hanno forse lo stretto dovere di non arrabbiarsi mai? con nessuno, in nessuna circostanza? Che giudici sono, sennò?

Dicono i giudici: avendo i Giubergia mentito, nei confronti della bambina, devono essere considerati inadatti a crescerla, inidonei a esserle padre e madre perché immorali. Con loro, nella loro casa, la bambina sarebbe diventata adulta nella menzogna.

Ma i Giubergia, se hanno mentito, hanno mentito ai giudici. Non è mica impossibile che uno mentisca a un giudice e sia un ottimo padre per il suo bambino.

A Serena diventata adulta, non sarebbe stato poi cosí difficile spiegare cos'era successo nel tempo della sua infanzia. Cosa c'era di tanto difficile? Adulta, avrebbe capito.

E intanto, nella comunità-alloggio, cosa diavolo le avranno detto i vari operatori sociali, le varie assistenti, per spiegarle come mai a un tratto erano scomparsi i suoi, e come mai non la riportavano a casa? quante bugie le avranno raccontato?

Se consideriamo i fatti in una dimensione puramente morale, perché è peggio mentire a un giudice piuttosto che mentire a un bambino?

È stata rintracciata, a Manila, quella ragazza chiamata Marlene Vito Cruz, che nei documenti risulta essere la madre vera di Serena. Alcuni giornalisti hanno fatto indagini su di lei e sulla sua famiglia. È una famiglia che abita nella periferia di Manila, una famiglia povera e numerosa. Marlene Vito Cruz ha ora diciassette anni, non diciotto come è scritto nei documenti. Non ha mai messo al mondo, dice, nessun bambino. D'altronde se la bambina adesso ha tre anni, lei l'avrebbe dovuta avere a quattordici anni. Succede. Succede ma a lei comunque non è successo. Cosí dice. Mai ha lasciato un figlio su un bidone di rifiuti. Non conosce il signor Giubergia e anzi è la prima volta che sente questo nome. Il padre della ragazza ha detto che quella bambina comunque sta meglio in Italia. Nella casa hanno uno stuolo di bambini, figli di lui e di mogli diverse. Questo hanno raccontato i giornali, nella scorsa primavera. La ragazza potrebbe però anche aver taciuto la verità.

Nella scorsa primavera, sulla vicenda di Serena Cruz l'Italia si è divisa in due. Una parte dell'Italia trovava giusto e ineccepibile l'operato dei giudici, una parte dell'Italia lo trovava ingiusto e disumano. Uscivano ogni giorno sui giornali articoli con opinioni diverse.

Quando mi accadeva di parlare con qualcuno di questa vicenda, mi accadeva di trovarmi d'accordo con persone impensate, e in disaccordo con persone che ero certa dovessero provare gli stessi miei sentimenti. Io avevo la sensazione forte e precisa che fosse stata fatta un'ingiustizia, che una sventurata bambina fosse stata sacrificata per un cavillo giuridico, e che un nucleo famigliare fosse stato calpestato e devastato per difendere un principio astratto. Questa sensazione forte e precisa la conservo anche se in qualche momento mi sono chiesta se avevo torto. Questa sensazione è però piú forte della ragione e del torto. Mi replicavano che la legge è legge e bisogna rispettarla a ogni costo. *Dura lex sed lex*. Ma a me sembrava e sembra ancora oggi che le leggi a volte possano essere difettose e manchevoli e che a volte siano anche male intese e male interpretate. Ho anche dei forti dubbi che le parole *dura lex sed lex* siano sempre e incontestabilmente vere. Le leggi non devono essere sempre dure. Devono essere giuste. E chi le applica deve riempirle di occhi e orecchie, per sentire e vigilare quando sia necessario usare la fermezza e quando la tolleranza e la comprensione. Soprattutto le leggi non possono essere dei capestri per gli uomini. Devono essere invece a servizio e a soccorso degli uomini.

Mi sono trovata in disaccordo con persone che amo e stimo, come Norberto Bobbio, Alessandro Galante Garrone o Bianca Guidetti Serra. Non riuscirò né riesco oggi a vedere le cose come le vedevano loro. Ci sono milioni e milioni di bambini, loro dicevano, bambini inermi e ignari che sono vittime di raggiri e traffici e azioni illegali. È indispensabile difendere tutti questi milioni di bambini. Ma a me sembrava e sembra che non sia giusto fare del male a un bambino, strapparlo dalle braccia dei genitori, siano essi legali o illegali, per tutelare milioni di bambini pensati in astratto, senza faccia e senza nome. Mi sembra che a quei milioni di bambini senza faccia si potrà pensare domani. Oggi intanto ne sia difeso uno solo, uno solo di cui si conosce la faccia, la persona e il nome.

Chi diceva ciò che dico io ora, veniva chiamato in alcuni articoli di giornale *Italia mammona*, con disprezzo e con irrisione. Non capisco perché debba essere disprezzato o irriso l'istinto materno. È un istinto naturale e niente affatto comico. Appartiene alle donne come agli uomini. Anche negli uomini è insediata una madre. Non c'è niente di comico nelle madri, né di spregevole o irragionevole o vile. O anche *Italia del cuore e delle lagrime* eravamo chiamati, e per questo disprezzati e derisi. Ma vorrei sapere come, senza cuore e senza lagrime, sia possibile osservare i destini umani.

Italia delirante, eravamo ancora chiamati. L'altra Italia era invece l'*Italia della ragione*. La sola che avesse il diritto e la legittimità di parlare.

Dura lex sed lex. Però se rileggiamo la legge, le parole *dura lex* non corrispondono al vero. Ricordiamo che la legge dice: «l'omissione della segnalazione *può* comportare l'inidoneità ad ottenere l'affidamento». I giudici hanno agito come se dicesse *deve*. Dunque la durezza non proviene dalla legge. La legge consentiva ai giudici di operare diversamente.

E ricordiamo le parole del ministro Vassalli: «I giudici non erano vincolati dalla legge ad allontanare Serena dalla famiglia Giubergia».

Nella scorsa primavera, i giudici del Tribunale di Torino hanno ricevuto lettere anonime con minacce di morte. «Dovete restituire Serena Cruz ai suoi genitori adottivi». Una lettera anonima è arrivata anche al Ministro di Grazia e Giustizia Giuliano Vassalli, che pure si è tanto battuto perché i Giubergia riavessero la bambina. Il 6 aprile, nella sede d'una compagnia aerea olandese che organizza voli diretti con le Filippine, fu trovata una bomba rudimentale, spenta dalla pioggia notturna, e qualcuno al telefono avvisò: «Se Serena non sarà restituita ai Giubergia faremo una strage». Ecco, ha detto allora qualcuno, ecco dove portano gli impulsi emotivi, i sentimenti folli e incontrollati. Portano alle lettere anonime, alle bombe, alle minacce di strage. In verità «l'Italia del cuore e delle lagrime», la cosiddetta Italia *mammona*, è ben lontana dalle lettere anonime e dalle minacce di strage. Le lettere anonime e le minacce e la bomba fortunatamente inesplosa, venivano da una terza Italia, la quale non ubbidisce affatto a impulsi emotivi ma invece persegue suoi oscuri disegni, coltivando il proposito di spaventare, gettare discredito su tutti e inquinare l'aria.

Sulla vicenda di Serena Cruz, io ho scritto sui giornali per tre volte. Molti altri come me ne hanno scritto; molti altri che come me non avevano cultura giuridica ma esprimevano il proprio pensiero. Siamo stati definiti persone di cultura, prive però di ogni cultura giuridica. Per quanto mi riguarda è certamente vero. Cultura giuridica non ne ho nessuna. Poiché ci eravamo inoltrati su un terreno a noi sconosciuto, creavamo, dicevano, scompiglio e confusione. Ma anche uno che passa per la strada, senza cultura giuridica, urla se vede compiere un'azione che gli sembra clamorosamente ingiusta. Non crea nessuno scompiglio. Semplicemente si ribella e urla. Spera che da qualche parte sia prestato soccorso. È per questo che urla.

Quando ho scritto quei tre articoli, tutte e tre le volte ho ricevuto lettere di severa disapprovazione. Erano lettere dove si parlava dei Giubergia con viva ostilità. Anzi con una acerba acrimonia. Si parlava del loro grande egoismo. «Avevano già un bambino, hanno voluto anche la femminuccia, eh, eh!» Per molti, l'adozione è considerata un atto di egoismo, di rapace, predatoria appropriazione. Come se fosse allegro tirar su un bambino. È bello ma non è allegro. È bello e può rendere felici. Però non è allegro. Costa sonno, preoccupazioni, spaventi, fatica e sacrificio di sé. È molto piú comodo vivere senza bambini. Queste persone che pensano a chi vuole adottare un bambino come a un uccello da rapina, rapace e vorace, sembra che tutta la fatica e l'angoscia che costa allevare un figlio non la conoscano o l'abbiano dimenticata.

Avendo io scritto articoli sulla vicenda di Serena Cruz, mi è accaduto di essere invitata a partecipare a convegni su questa vicenda e in genere sulle adozioni. Vi ho partecipato alcune volte. In quei convegni, per verità di Serena Cruz non si parlava affatto, o ben poco. Ogni volta avevo la sensazione che quelli che parlavano usassero un linguaggio totalmente irreale. Non solo il caso di Serena Cruz, ma in genere l'idea e l'esistenza dei bambini, dei veri bambini, e l'idea del loro vero individuale destino, da quei convegni apparivano lontanissimi. Erano convegni di conferenzieri. Ciascuno pensava alla propria conferenza e alla sua durata. Per i conferenzieri, la durata d'una conferenza è essenziale perché uno può a lungo sentirsi nel centro d'una sala e in qualche modo nel centro del mondo. Spesso un conferenziere dimentica il senso e il fine della sua conferenza, perché troppo importante gli sembra la propria voce, la fluidità del proprio parlare e la maestà della propria persona che parla.

In seguito ho letto un libro di Oliver Sacks, *L'uomo che scambiò sua moglie per un cappello* (nelle edizioni Adelphi). Nel primo scritto, dal quale prende il titolo la raccolta, è raccontato il caso del dottor P., musicista e insegnante di musica, venuto a farsi visitare da un medico per alcuni disturbi della vista e della memoria. Alle domande del medico risponde in modo strano. Gli viene mostrata una rosa e chiesto cosa sia. Risponde: «Quindici centimetri di lunghezza. Una forma rossa convoluta con un'appendice lineare verde». Gli viene mostrato un guanto e chiesto cosa sia. Risponde: «Una superficie continua, avvolta su se stessa. Dotata di cinque estensioni cave, se cosí si può dire». Al momento di andarsene, il dottor P. «si guardò intorno alla ricerca del cappello. Allungò la mano e afferrò la testa di sua moglie, cercò di sollevarla, di calzarla in capo. Aveva scambiato sua moglie per un cappello!»

Il dottor P. si era distaccato dal mondo della realtà e abitava in un luogo dove invece della realtà vedeva astrazioni. Ai suoi occhi non c'era piú differenza fra la testa di sua moglie e il suo cappello.

Il linguaggio del dottor P. mi ha riportato alla memoria il linguaggio che si parlava in quei convegni sulle adozioni. Anche nel linguaggio di quei convegni non esistevano piú né le rose né i guanti ma al loro posto si erano insediate argomentazioni e costruzioni verbose, ed era scomparsa la differenza fra esseri viventi e oggetti inanimati, fra teste umane e cappelli.

Durante quei convegni sulle adozioni, ho avuto la precisa sensazione che nella vicenda di Serena Cruz e in genere in ogni circostanza che si riferisce alle adozioni, agli affetti famigliari, alla paternità e alla maternità, delirante non fosse quella Italia chiamata «del cuore e delle lagrime», ma delirante fosse invece il mondo degli operatori sociali, degli assistenti sociali, delle varie associazioni sociali dai nomi diversi, e in genere il mondo dei giudici minorili. Delirante e irreale.

«Non linciate quei giudici» hanno scritto in molti, spiegando come i giudici minorili, nella vicenda di Serena Cruz, avessero agito con profonde e sottili cognizioni giuridiche, affrontando il rischio di essere impopolari, e mostrando un grande impegno e coraggio civile. Ma nel considerare l'operato di un giudice, non mi sembra ci si debba fermare troppo sulla sottigliezza delle sue cognizioni giuridiche, o meglio non questo deve essere il punto da cui osservarlo. Penso che ci si debba unicamente chiedere se nel suo operato il fine della giustizia è stato o non è stato raggiunto. E nemmeno mi sembra si debba guardare se è stato vile o coraggioso. Certo occorre coraggio per affrontare l'impopolarità, l'avversione e la collera di molta gente. E non c'è dubbio che in altre circostanze, il coraggio dei giudici è mirabile. Ma è mirabile quando si muove nella ricerca della giustizia. Il coraggio ha un senso quando si muove sulle strade e nella luce della giustizia. In questa particolare circostanza, occorreva sensibilità e comprensione, e non aveva importanza mostrarsi coraggiosi.

In altri giudici, il coraggio è stato mirabile e splendido, perché volto ai fini di raggiungere, con rischio della vita, la verità e la giustizia.

È vero che i giudici minorili hanno ricevuto lettere anonime con minacce di morte. L'impopolarità l'hanno dovuta affrontare. Lo sdegno della gente l'hanno dovuto affrontare. Affrontarli certo gli avrà dato un acuto disagio. Ma in loro l'orgoglio giuridico, il puntiglio giuridico, è stato piú incalzante di quel disagio. Alle lettere anonime, alle minacce, probabilmente hanno creduto poco. Erano tanti e si sentivano forti. E si sentivano sostenuti da una vasta parte dell'Italia. Da quella che essi chiamavano *l'Italia della ragione*. Era quella l'Italia che agli occhi loro meritava stima. Il resto gli sembrava una poltiglia.

Riguardo all'impegno, non mi riesce di dimenticare che i giudici minorili, in tutti quei quattordici mesi che Serena Cruz era a Racconigi, nella casa dei genitori a dir loro illegali, non hanno mai sentito la necessità di andare una volta a visitarla. L'ho già detto ma lo dico di nuovo. Eppure bastava prendere un treno. Un piccolo treno. Questo piccolo treno, nessuno ha mai creduto di doverlo prendere, per capire, per guardare la bambina nello scenario di quella casa, di quella famiglia, visto che si stava decidendo del suo destino. Da un lontano tavolo, hanno decretato che di là bisognava portarla via. Quando gli è stato chiesto perché non erano mai andati là a vederla, non hanno risposto, ma altri hanno risposto per loro che non era una loro incombenza. Qualcuno mi fa osservare che è vero. La legge non richiede questo ai giudici. In primo luogo è male che non lo richieda. E poi, incombenze a parte, possibile che in questo caso non uno di loro abbia sentito la necessità di andare?

Comunque è ovvio che nessuno al mondo deve essere linciato. E non sappiamo poi se in questa vicenda, o in altre simili che in seguito abbiamo appreso, tutti i giudici minorili fossero o siano unanimi, e anzi pensiamo che molti di loro avrebbero voluto o vorrebbero un comportamento diverso.

Abbiamo inoltre la sensazione che, alle spalle dei giudici minorili, regni una mentalità che si estende al di là dalla zona dei giudici minorili, e in genere al di là dalla zona delle istituzioni. È una mentalità che regna nella società attuale. È una mentalità che teme gli impulsi emotivi, teme appunto «il cuore e le lagrime», come fossero cose sudice, che imbrattano la persona. Li teme fortemente e ne diffida. Ritiene stimabile e degno soltanto ciò che è controllato, disciplinato e tiepido. La nostra società attuale è una società di tiepidi, di «né freddi né caldi».

Non voglio certo dire che i giudici minorili siano tutti in questo modo. Né voglio dire che siano in questo modo tutti quelli che, nella vicenda di Serena Cruz, li hanno sostenuti. Né intendo affermare che siano dei tiepidi, Norberto Bobbio, o Galante Garrone, o Bianca Guidetti Serra. No, in loro vive un pensiero diverso, una fede non tiepida nella legge. In particolare, riguardo a Bianca Guidetti Serra, mi sembra una delle persone meno tiepide che ho mai conosciuto.

Ma una mentalità di tiepidezza, nella nostra società attuale, esiste e la sentiamo ovunque nell'aria. Parla un linguaggio artificioso, studiato, falsamente razionale: il linguaggio della pseudo-scienza. Compare ammantata di false cognizioni scientifiche, false perché mal comprese e male assimilate, e prive di un retroterra reale. Mostra di sapere un mondo di cose che gli altri non sanno. Teme e rifiuta il freddo della vera scienza, e teme e rifiuta ancor piú il caldo dell'immedesimazione emotiva. È orgogliosa di sé e in genere vince. Il suo linguaggio impera. Le sue argomentazioni verbose, interminabili imperano. Sono argomentazioni educate e controllate nel tono, disciplinate, tiepide e amiche di tutto ciò che è tiepido. Le incontriamo nei giornali, nelle conversazioni, nei dibattiti, nei convegni, nelle tavole rotonde. Tale mentalità usa esiliarsi nelle astrazioni, sempre orgogliosamente ammantata delle sue tiepide, false cognizioni scientifiche, pedagogiche, sociologiche. La vediamo insediarsi là, come su degli scogli sicuri dove non c'è niente che raggela o che minaccia o che imbratta o che sporca, nella propria orgogliosa tiepidezza. Le sue verbose argomentazioni suonano totalmente avulse dalla realtà. Suonano in verità deliranti, se le ascoltiamo con orecchie reali, senza lasciarci trascinare dal loro flusso educato e tiepido. Suonano deliranti, come suonavano deliranti le parole dell'uomo che scambiava sua moglie per il suo cappello.

Vediamo allora insieme congiunti la tiepidezza e il delirio. Una tiepidezza delirante e un delirio tiepido. La nostra società attuale è dominata da questo accoppiamento stranissimo. Non lo so, ma non mi sembra che fosse mai successo niente di simile prima d'ora.

Nella vicenda di Serena Cruz, la mentalità insediata nelle astrazioni ha naturalmente scelto senza esitare i milioni di bambini astratti restando indifferente al destino d'una sola bambina ben visibile e viva e ha applaudito ai giudici.

Una simile mentalità non ama lo spirito di sacrificio, ritenendolo troppo generoso. Una simile mentalità diffida della generosità e la rifiuta. In luogo della parola «generosità» usa invece la parola «oblatività», parola che trova migliore perché piú tecnica e quindi piú controllata, piú contegnosa, tiepida, non emotiva. Preferisce gli affetti tiepidi, parsimoniosi, controllati, disciplinati. Cosí controllati e disciplinati da non essere quasi piú degli affetti. Una simile mentalità non poteva capire i Giubergia, goffi, maldestri, sprovveduti, generosi, appassionati. Certamente incapaci di rispondere a quanti li accusavano di un reato. Avevate già adottato un bambino, gli hanno detto, perciò non potevate ignorare le strade lunghe e faticose delle adozioni. Ma forse avranno pensato che una menzogna alle autorità non era poi la fine del mondo. E avevano fretta. Cosí sono entrati nell'illegalità. Cosí sembra a me che potrebbero essere andate le cose. Sempre se è vero quanto affermano i giudici, se è vero che c'è stata una menzogna.

Alla bambina essi hanno dato sacrifici, fatica e amore. Le hanno insegnato a non cercare il cibo nella spazzatura e a dormire nei letti. Aveva incubi notturni e fobie e si sono studiati di rassicurarla. Non erano ricchi e le hanno dato il meglio che avevano perché potesse crescere bene. Fra loro e i due bambini che avevano adottato, uno legalmente e illegalmente l'altro, si era creato un rapporto stretto, un rapporto di gran benessere per tutti e quattro. Era, il loro, un affetto *ansiogeno*? Può darsi, ma anche l'affetto ansiogeno rende felici.

La mentalità dei tiepidi questo non l'ha capito. È una mentalità ovattata, ma quando lascia le sue verbose argomentazioni può essere anche ruvida e spiccia. È una mentalità che fa le cose facili, quando lascia le sue argomentazioni coltivate e verbose. Ha detto: «Quella bambina la metteranno in una nuova famiglia. Non è successo niente. Tutto bene». Come se l'affetto fosse erba, qualcosa che si trova in ogni luogo.

Nella scorsa primavera, il ministro di Grazia e Giustizia, Giuliano Vassalli, ha presentato un decreto-legge, per migliorare la legge sulle adozioni. Esso prevede due novità. La prima novità riguarda i minori di terra straniera che siano trovati in stato d'abbandono nel nostro paese. Del ritrovamento, secondo il decreto, occorre immediatamente avvertire il consolato del paese a cui il minore appartiene. Se il consolato lo ritenga opportuno, può dichiarare di proteggere il minore, facendo venir meno lo stato di adottabilità.

Cosí com'è adesso, la legge impone che a una madre straniera che è in carcere con una lunga condanna, e non può tenere con sé i figli nel carcere se hanno passato i tre anni, siano tolti i figli per sempre e messi in adozione. Una madre straniera che è in carcere con una lunga condanna, i figli li può perdere per sempre.

La seconda novità è la seguente. Dice il decreto-legge: al fine di impedire che da repentini mutamenti di ambiente possano derivare al minore straniero deprecabili traumi con inevitabili ripercussioni sul suo equilibrio affettivo, si propone che tra i criteri assunti dal giudice per disporre i provvedimenti di affidamento del minore, abbia particolare significato e pregnanza quello di precedenti rapporti di fatto stabilitisi fra il minore straniero e una determinata coppia di coniugi.

In virtú di questa norma, Serena Cruz potrebbe subito essere restituita ai Giubergia. È una norma che la riguarda esplicitamente.

Ma il decreto-legge di Vassalli è stato «congelato». C'era allora la crisi di governo. Il 29 maggio, il presidente del Consiglio di allora, Ciriaco De Mita, informò il ministro che essendo il governo dimissionario era impossibile affrontare una questione cosí delicata. L'avrebbe affrontata, a suo tempo, il governo nuovo.

Secondo il presidente dell'Anfaa, questo decreto-legge è inaccettabile. «È come dire a una coppia: compratevi un bambino e portatevelo a casa, legatevi affettivamente a lui e trovatevi un giudice dei minori: dirà certo che ve lo potete tenere».

Dovrebbe tuttavia pensare, questo presidente dell'Anfaa, come la paura della compra-vendita dei bambini, legittima, a poco a poco sia diventata uno spettro sul percorso delle adozioni. E come anche una paura legittima, quando diventa uno spettro, rende ogni percorso impraticabile o incerto. E se in ogni persona che vuole adottare un figlio si crede di riconoscere un mercante, un trafficante, un impostore, ne risulta allora un tale clima di malfidatezza e sospetto che nella gente il desiderio di adottare un figlio si rattrappisce e si dissecca. E cosí a metà strada la gente è stanca, sfiduciata e abbandona il campo. I bambini restano negli istituti.

Il Parlamento ha dei tempi lunghi. Il decreto-legge di Vassalli, chissà quando sarà affrontato e discusso. Se anche dovesse venire ratificato, per Serena e per i Giubergia potrebbe essere troppo tardi. È stata anche indirizzata, in nome dei Giubergia e di Serena, una istanza al Tribunale di Strasburgo. Ma anche il Tribunale di Strasburgo, dicono, ha tempi lunghissimi. Se il decreto dovesse essere accolto, se ne gioverebbero però le madri straniere in carcere.

Nell'autunno, è uscito sulla «Stampa» un lungo articolo su Serena. Durante l'estate, della vicenda di Serena i giornali non avevano piú parlato. Dal momento in cui Rosanna Giubergia l'aveva lasciata nella comunità-alloggio della Provincia, di lei non si era saputo piú niente. Era una *desaparecida*. Si era saputo che l'avevano portata, di notte, in un'altra comunità-alloggio. Ma dove? Bisognava difenderla dai giornalisti, dai curiosi. Certo. Il suo viso lo conoscono tutti, avendolo visto mille volte su tutti i giornali. Il suo viso rotondo, il naso camuso, gli occhi larghi e smarriti, la frangetta nera. Certo. Però come si fa a difendere un bambino dalla curiosità della gente? Un bambino deve essere portato a passeggio, mica si può tenerlo imprigionato fra quattro mura. E allora? L'avranno portata a passeggio o no? Come mai a nessuno è mai successo d'incontrarla in qualche giardino pubblico, per qualche strada?

Su di lei correvano voci discordi, nel corso dell'estate. Era ancora in quella comunità-alloggio. No, era in un'altra comunità-alloggio, lontano dal Piemonte, forse nel Sud. No, era in una casa-famiglia, un piccolo istituto, dieci o quindici bambini con sorveglianti. No, era già stata data in pre-adozione a nuovi genitori. No, nessuna coppia aveva accettato di prenderla perché poneva troppi problemi. Si trattava d'una responsabilità troppo grande. Una bambina cosí famosa. Una bambina che era stata sulle pagine di tutti i giornali. Una bambina che era stata al centro d'una bufera. E inoltre portava ancora il nome dei primi genitori adottivi. Lo porta anche oggi. I Giubergia non intendono disconoscerla e fino a oggi non l'hanno fatto. Sperano ancora che gli sia restituita.

Nell'autunno dunque è uscito quel lungo articolo. Era un articolo tutto sorrisi. «I sorrisi di Serena» era il titolo. Dopo tanto silenzio, la vicenda ora ricompariva in panni di festa. L'articolo sembrava scritto per dimostrare all'opinione pubblica quanto l'operato dei giudici fosse stato buono e saggio. Sarebbe in verità bastata, dopo tanto silenzio, qualche breve notizia, dubitosa come tutto è opinabile e dubitoso in una vicenda cosí travagliata: «Serena è ora in una nuova famiglia, e sembra star bene. O abbastanza bene». Questo poteva forse suonare vero. E invece l'articolo che è uscito suonava falso. Aveva accenti trionfali. Grondava ottimismo e soddisfazione. Si diffondeva in mille particolari. Serena è oggi in pre-adozione presso nuovi genitori. È stata in villeggiatura al mare, le hanno insegnato a nuotare, ha due sorelle e un fratello, ha molti giocattoli, birilli rossi e gialli e verdi (erano diffusamente descritti i giocattoli), è perfettamente inserita nella nuova famiglia. Accoglie gioiosamente i visitatori, corre in collo a tutti. Prende il cronista per mano: «Vieni a vedere il cielo stellato». Parla così, una bambina di tre anni? invita i cronisti a vedere i cieli stellati? può darsi. Ci sono in una stanza pezzetti di carta adesiva appiccicati al soffitto, che raffigurano la luna e le stelle. In giardino, molti fiori, alberi da frutta, una piscina di plastica. Sullo sfondo, la campagna. Tutto è bello, tutto è calmo, tutto è immerso in una luce beata. I nuovi genitori adottivi, nell'articolo, sono chiamati papà Franco e mamma Luisa. «Abbiamo trovato molto aiuto da parte del Tribunale, delle assistenti sociali, del tutore. Ogni giorno veniva qualcuno, passava lunghe ore con noi. Forse anche per questo è stato tutto piú facile» dicono. Strano che le assistenti sociali, il tutore, il Tribunale, tutt'a un tratto si siano svegliati. Per i Giubergia non si era mosso nessuno. Tutt'a un tratto ora tutti hanno preso il treno. Quel treno che gli era parso impossibile prendere. Si sono trattenuti in quella casa ogni giorno per lunghe ore. Papà Franco: «Serena non ha mai parlato in questi mesi del passato, della famiglia presso la quale ha vissuto dopo l'arrivo in Italia... – Non abbiamo nulla in contrario per fare incontrare Serena con i signori Giubergia, con il fratellino Nazario... ma questo potrà avvenire solo quando e se ce lo diranno psicologici e tutore... – I Giubergia sanno dove si trova Serena, come sta, sono tenuti informati dal tutore che viene ogni giorno...» Mamma Luisa: «Usciamo tutti i giorni con lei. Si va al mercato, a far la spesa, spesso al ristorante...»

I Giubergia in verità non sanno dove si trova Serena. Nessuno, dicono, gli ha detto nulla.

A proposito di questo articolo, il sindaco di Racconigi, Adriano Tosello, giustamente ha detto: «Non vedo perché i magistrati abbiano dato fiducia a dei giornalisti, e non, per esempio, a me, che sono il sindaco di Racconigi. Sarei potuto andare a visitare la bambina. Ma a me questo è stato negato».

Accanto all'articolo si vedeva un disegno, che dicevano essere di Serena Cruz. Poteva essere di qualunque bambino. Lo accompagnava una didascalia: «Le paure della bambina sono finite». Serena avrebbe mostrato quel suo disegno al cronista: «Guarda, questa è la mamma». C'era nel disegno una folla di figure, alcune tondeggianti, altre a spigoli. Difficile individuarvi una mamma. Difficile anche individuarvi delle paure scomparse.

Nei confronti dei Giubergia, l'articolo suonava offensivo. Sembrava gli dicesse fra le righe: «Voialtri quella bambina la facevate vivere malamente, e invece le magnifiche istituzioni l'hanno messa in un paradiso».

I Giubergia, le magnifiche istituzioni li hanno trattati da cani. Li hanno umiliati e cacciati in disparte. Non potevano fargliela rivedere la bambina, almeno una volta? «Avete un altro bambino, – gli hanno detto, – contentatevi, levatevi di torno». Nazario, l'altro bambino, ha sofferto acerbamente per la sparizione della sorella. Con la *plasticità dell'età*, dicono i giudici, guariscono i dispiaceri, le separazioni, le perdite. Ma questa *plasticità dell'età* esiste soltanto nelle sentenze dei giudici. Perché due bambini hanno dovuto pagare per gli errori degli adulti? La domanda rimane senza risposta.

Nonostante l'articolo che la descrive cosí diffusamente e trionfalmente nella nuova famiglia, Serena continua a essere, agli occhi della gente, una *desaparecida*. Esisteranno davvero quei nuovi genitori? papà Franco e mamma Luisa? La gente se lo chiede. Avrà torto di chiederselo, ma se lo chiede. Non se li saranno inventati? Parlano di vacanze al mare, di spiagge, di ristoranti. Però come è possibile che nessuno mai la riconosca, una bambina cosí nota? Come fanno a proteggerla dallo sguardo dei curiosi? dei giornalisti, che sono ovunque presenti?

Quell'articolo, auguriamoci che almeno per qualche aspetto sia vero. Auguriamoci che Serena possa trovarsi fra persone comprensive, che le vogliono bene. E auguriamoci che non si trovi ancora, come in molti pensano, rinchiusa fra le mura d'un istituto.

Qualcuno afferma che tanto ormai per lei non c'è piú nulla da fare, è una bambina rovinata per sempre. E qualcun altro invece spera ancora che torni a Racconigi, dove i Giubergia sempre l'aspettano. Io credo che, se fosse restituita ai Giubergia, loro ne sarebbero cosí felici che una cosí grande felicità sarebbe comunque benefica alla bambina. Felice ne sarebbe il fratello. Se il bene del bambino viene avanti a tutto, perché non pensare anche a lui, a Nazario? Non è anche lui un bambino, che ha visto devastata senza spiegazioni plausibili un'epoca felice della sua vita? sparire da un giorno all'altro la sorella con cui passava le giornate, e i genitori sconvolti come se fosse morto qualcuno, ma si sa che invece nessuno è morto? A questo punto, non vedo bene se esistano delle speranze reali. E comunque nella dimensione della giustizia, della vera giustizia, questa appare oggi una battaglia perduta.

Qualcuno dice: perché prendere tanto a cuore il destino di questa bambina. Come lei ci sono tanti bambini che sono stati tolti ai genitori dalle istituzioni e non se ne sa nulla perché i giornali non ne hanno parlato. «Mille come Serena» diceva il titolo di un giornale un giorno. È certamente vero. Però è un modo non giusto di pensare a una sventura. Significa distogliere gli occhi dalla realtà per smarrirli nella serie anonima e immensa di fatti analoghi che riempiono il mondo, e in definitiva non vedere piú niente. L'imponenza e l'immensità del numero schiantano e infine sotterrano i particolari e i tratti d'una sola, singola sventura. E tuttavia quando una persona o un gruppo di persone hanno patito una sventura o un'offesa sotto il nostro sguardo, è per lei o per loro che è necessario sdegnarsi e conservare vivo nella memoria lo sdegno, insieme con i particolari e i tratti di quella sventura e quella offesa come indistruttibili, unici e senza eguali. Serena Cruz, la gente non se la deve dimenticare, anche se d'ora innanzi i giornali non dovessero parlarne piú.

I giudici si erano molto lamentati del clamore dei giornali. Dicevano: «Smettetela con tutto questo chiasso. La bambina ha diritto di essere lasciata tranquilla». Troppo comodo per voi, cari giudici. La bambina aveva molti altri diritti, vitali ed essenziali, che sono stati puntigliosamente e senza alcuna pietà calpestati.

La gente non si fida delle istituzioni. Una volta se ne fidava, per quanto riguardava le adozioni e i bambini. Pensava che decidessero per il meglio. Adesso non se ne fida piú. Adesso ne ha spavento. Per questo, quando su Serena Cruz è sceso di colpo il silenzio, quando è entrata nella clandestinità, si è pensato che era una *desaparecida*. Eppure in qualche modo sembrava opportuno proteggerla col silenzio. Ma c'era, nel silenzio e nella segretezza stabilite dalle istituzioni, qualcosa di sinistro. La parola *desaparecida*, parola di triste memoria, è venuta in mente a tutti.

Si è poi saputo che quella norma di legge voluta da Cory Aquino, per cui ora chi si propone di adottare un bambino nelle Filippine deve risiedere là per diciotto mesi, è una norma che in pratica non segue nessuno. Ma ai Giubergia sarà parso che fosse indispensabile seguirla. Cosí forse, per evitare una illegalità, sono inciampati in un'altra illegalità piú grave, sempre se è vera la versione dei giornali e dei giudici.

Probabilmente sono stati consigliati male, nel caso sia vera. I poveri li consigliano male. Se fossero stati dei ricchi, avrebbero avuto dovizia di buoni consigli. E se fossero stati degli intellettuali, nel replicare in seguito ai giudici avrebbero usato il linguaggio degli intellettuali, sciolto, disinvolto, rispettato. E avrebbero anche saputo usare il linguaggio dei tiepidi. Quel linguaggio asettico, disciplinato, controllato e verboso che oggi vince. Quel linguaggio che tanto spesso sentiamo usare nei convegni, nei dibattiti, nelle tavole rotonde.

3.

Questo che scrivo non è un saggio sulle adozioni, né ha minimamente la pretesa di esserlo. È soltanto una serie di appunti su diverse cose che mi sono venute in testa a proposito di Serena Cruz, dei Giubergia e di altri fatti a cui accennavano i giornali e che in certo modo si legavano alla vicenda di Serena Cruz. Quando ho cominciato a scrivere qualche appunto erano i primi di ottobre e adesso è dicembre. In ottobre, i Giubergia non li conoscevo. Non li avevo mai visti nemmeno in televisione, dove so che una volta sono apparsi. Mi aveva parlato di loro una persona che li conosceva un poco. Ma io non li conoscevo e non avevo mai preso il treno per andare a conoscerli. Non sono un giudice e non avevo dunque nessun obbligo di prendere il treno, ma poiché scrivevo su di loro cercando di immaginarmeli mi sembrava di doverli vedere e non avendoli visti mi sentivo colpevole. Cosí allora negli ultimi giorni di novembre ho preso il treno (vivo a Roma) e sono andata a Torino, poi nel pomeriggio a Racconigi con una macchina e con tre amici, che anche loro i Giubergia non li avevano mai visti.

I Giubergia sono due persone ammirevoli e rare. Questa è stata la mia impressione. Li ho trovati molto simili all'immagine che avevo di loro, però migliori, perché nell'immaginarli non avevo intuito né la loro forza d'animo, né il loro equilibrio, né la loro grande pazienza. E tuttavia non ho saputo di loro molto di piú di quanto già sapevo. Riguardo a Serena nella sua terra, e riguardo al momento in cui Francesco Giubergia si era trovato là per la seconda volta, mi hanno detto poco o nulla. E d'altronde io stessa, per imbarazzo e per discrezione, ho chiesto poco. Capisco e giustifico il loro riserbo. Penso che sia comprensibile che tacciano con estranei, su un argomento cosí delicato. E io ero un'estranea. Un'estranea che si era schierata con loro, ma pur sempre un'estranea.

Essi hanno speso e spendono tutti i loro risparmi in avvocati, perché gli sia restituita una bambina che non si rassegnano d'aver perso. Della morte ci si può consolare, essi dicono, ma di una perdita quale è stata questa non esiste consolazione. L'hanno amata come fosse stata una loro figlia di snague. Pazientemente ancora aspettano che gli sia restituita. Proprio in questi giorni hanno saputo d'una coppia, alla quale era stata tolta una bambina peruviana adottata, portata via come a loro con l'accusa di illegalità. Dopo nove mesi gli è stata restituita. Non potrebbe succedere anche a loro la stessa cosa?

È impossibile? è una speranza pazza, delirante, assurda? Ma il delirio è delirio quando non c'è stata, all'origine, un'azione disumana. Se c'è stata un'azione disumana, non è delirio augurarsi che sia cancellata. Significa aver fede che gli uomini si possano rivelare, alla fine, migliori e piú giusti di quanto fossero apparsi.

Ai Giubergia, i giudici hanno detto che Serena non la potranno riavere mai. Adottate pure degli altri bambini, gli hanno detto, ma Serena non la riavrete mai piú. Idonei per altre nuove future adozioni, ma inidonei per questa? Come si fa a non chiedersi perché, dalla mattina alla sera?

L'hanno amata come fosse stata una loro figlia di sangue. Cosa importa se non lo era? Sono preoccupati per la sua salute. Aveva disturbi, aveva i timpani perforati. Bisognava curarla. Chissà se l'avranno curata bene? Loro le avevano fatto fare tutte le varie vaccinazioni, hanno ancora tutti i certificati, e nessuno, nel portargliela via, ha pensato a domandare se era stata già vaccinata. Non hanno domandato niente. Sembra un particolare irrilevante, ma è un bel segno di incuria. Nemmeno domandare se era stata vaccinata o no?

Mi mostrano un documento del Tribunale, che porta

la data del giugno scorso. Qui, come in quell'articolo sulla «Stampa», uscito in settembre, si parla di Serena nella nuova famiglia. Perciò questa nuova famiglia, dovremmo credere che esista davvero. In calce al documento è scritto *Serena Cruz*, ma essa poi viene chiamata «Chicca». Hanno voluto cancellare da lei il suo vero nome, nello stesso modo come le erano subito stati tolti, nella comunità-alloggio, gli orecchini e la catenella. Si tratta d'un resoconto abbastanza particolareggiato. «Chicca», dice il resoconto, è felicemente inserita nella famiglia nuova. Tuttavia fra le righe si avverte un vago stupore che mai affiori, nella bambina, in qualche forma, qualche ricordo. Sembra che il mondo alle sue spalle sia piatto. E anche dopo la lettura del resoconto, come dopo la lettura dell'articolo, io conservo la sensazione di essermi mossa in mezzo a uno scenario falso, dove qualcosa viene tenuto nascosto, non soltanto i nomi e i luoghi ma qualcos'altro di altrettanto essenziale.

I Giubergia chiedono una perizia. Chiedono che la bambina sia esaminata da periti scelti da loro. Francesco Giubergia è ancora il padre della bambina, perché la bambina porta ancora il suo cognome. La perizia, egli ha il diritto di chiederla. È vero che i giudici non lo riconoscono come padre. Però a tutt'oggi è ancora il padre legale. Possibile che questo diritto non sia rispettato?

Per tutto il tempo che sono stata da loro, Nazario è rimasto stretto alla madre. Lo turbava la nostra presenza. Penso ricordasse le visite delle assistenti sociali, che sedevano in cucina a bere il caffè, e poi gli avevano portato via la sorella. È un bambino spaventato. All'asilo è andato per venti giorni, ma poi non ha piú voluto andarci, per timore che di là qualcuno lo portasse via, lontano dai suoi, come era successo alla sorella. Al piano di sopra, c'è la stanza dove dormivano lui e la sorella, i due lettini di legno con la ringhiera. Ma lui là non ha piú voluto dormire e ora dormono al piano di sotto tutti e tre, genitori e bambino. La casa è tranquilla, bassa, circondata di prati, una casa che sembra fatta perché i bambini vi crescano in pace. Li conoscono tutti in paese, i Giubergia, e tutti li amano, tutti hanno condiviso la loro grande sventura. Se gli sono state mostrate avversioni e ostilità da altre parti, li ha però sorretti e aiutati l'amicizia e la solidarietà del paese.

In cucina ci sono degli album di fotografie di Manila, l'albergo dove Nazario è stato portato quando aveva sette mesi, cosí sofferente e malato che non riusciva a mangiare e la madre adottiva passava ore a cercare di fargli inghiottire qualche briciola di cibo. Nell'albergo c'era l'aria condizionata, ma lui non la sopportava non essendovi abituato, gli era venuta subito la febbre alta. Cosí l'avevano dovuta spegnere. Era stato detto loro che, per essere giudicati idonei all'adozione, era opportuno che soggiornassero in un buon albergo, e a Rosanna Giubergia era stato consigliato di cambiare vestiti spesso. I ricchi sono favoriti nelle adozioni. Nelle ultime fotografie, fatte poco prima di ripartire per l'Italia, dopo due mesi che Nazario si trovava con loro, egli appare già un bambino sano.

Di Serena, c'è una grande fotografia che io già ho visto, perché era apparsa sui giornali. È una fotografia fatta negli ultimi tempi che era ancora a Racconigi. Un viso cosí allegro! «Quattordici mesi di violenza a Racconigi», sembra abbia detto il presidente dell'Anfaa in quel convegno a Rimini. Ma questo presidente dell'Anfaa, cosa significhi la parola *violenza*, lo sa? Avrà detto davvero cosí, come raccontano? È consentito offrire al pubblico affermazioni dove le parole hanno perso il loro senso reale? E se uno pensa alla realtà delle cose, e al modo come è vissuta Serena a Racconigi con i genitori, non viene in mente che siano parole pronunciate nel delirio? Sarebbe questa *l'Italia della ragione*?

4.

Mentre durava ancora il clamore sulla vicenda di Serena Cruz, nell'aprile, è apparsa sui giornali un'altra vicenda che ha turbato e spaventato la gente. A Domodossola, in un istituto chiamato «La Casa del Fanciullo», c'erano due fratelli, Demis e Christian Zanon, uno di sedici anni e uno di undici. Si trovavano lí da quattro anni. Una sorella era ospite d'un altro collegio. I loro genitori erano divisi e il padre non aveva lavoro. Un prete, nella «Casa del Fanciullo», voleva molto bene a quei due ragazzi. Secondo i giudici di Torino, Christian, il piú piccolo, doveva esser messo subito in adozione. Il prete, padre Michelangelo Falcioni, obbiettava che i due fratelli non bisognava separarli e occorreva pazientemente cercare una famiglia disposta ad adottarli tutti e due insieme. C'era fra quei due fratelli, osservava il prete, un rapporto molto stretto. D'improvviso, per ordine dei giudici, nella scuola pubblica che Christian frequentava sopraggiunsero assistenti sociali e carabinieri. Christian li dovette seguire. Non gli fu dato il tempo di salutare né il fratello né il prete. Al fratello lasciò su un pezzetto di carta poche righe per dirgli addio. Stupefatti e pieni di dolore e rabbia, il fratello e il prete mandarono telegrammi ai giudici. Nella «Casa del Fanciullo» accorsero giornalisti. Demis e il prete raccontarono tutto. «Christian come Serena» dicevano i titoli dei giornali. Dove fosse ora Christian, non lo sapeva nessuno.

Uscí sulla «Stampa» un articolo di Furio Colombo. Diceva: «D'ora in poi bisognerà temere l'arrivo, accanto a una scuola, una casa, una famiglia, di assistenti sociali accompagnate da carabinieri. La loro apparizione potrebbe indicare che intorno c'è un bambino che sta per scomparire senza lasciare traccia o notizia, separato per sempre dal mondo che conosceva».

Secondo i giudici, i genitori di quei ragazzi erano «irresponsabili e immaturi» e la situazione di Christian prima che lo accogliessero nell'istituto «era stata caratterizzata da estrema precarietà... – il nucleo famigliare risultava sconvolto. – Dopo ripetuti quanto vani tentativi di ottenere la collaborazione dell'istituto ospitante (la «Casa del Fanciullo» di Domodossola) per la realizzazione di un affidamento pre-adottivo nell'interesse di Christian... il 20 marzo '89 Christian, su indicazione del Tribunale, è stato prelevato a scuola da due assistenti sociali e trasferito in un'altra struttura comunitaria ai fini della sua adozione» (dalla relazione del Tribunale dei Minorenni di Torino).

I carabinieri sono taciuti. Però c'erano. Risulta che in operazioni di questo tipo ci siano sempre. «Per garantire la sicurezza delle assistenti sociali», si legge in una dichiarazione dell'Anfaa.

Ai giornali, alla «Casa del Fanciullo», a padre Michelangelo Falcioni, arrivarono lettere di persone che si dicevano disposte ad adottare Christian, Demis e magari anche la sorella, tutti insieme.

La vicenda infine si è conclusa nel modo migliore, o almeno nel modo che appare il migliore nelle circostanze presenti. Si è conclusa cosí, grazie alla determinazione e alla tenacia di un prete, padre Michelangelo Falcioni, e di un ragazzo di sedici anni, Demis. E anche è stato utile, in questo caso, il chiasso dei giornali. Bruno Zanon, il padre di Christian e di Demis, si è presentato ai giudici e si è detto pronto a prendere i figli con sé. Qualcuno gli aveva offerto lavoro e procurato un alloggio. Egli ha fatto ricorso contro la pratica di pre-adozione. Il ricorso è stato considerato «inammissibile perché tardivo», ma infine poi gli sono stati affidati i figli come lui chiedeva. In prova. Cosí Demis e Christian rimarranno insieme. La sorella sarà con loro. Se in questo modo staranno bene, non lo possiamo sapere, ma almeno loro tre fratelli saranno insieme. Lo volevano. Hanno avuto ciò che volevano. Quindi la vicenda si è conclusa, a quanto ci è dato di capire, felicemente.

A Milano, nel maggio, un uomo fu sospettato d'aver violentato la propria figlia di due anni. Il sospetto nacque in alcuni medici e fu subito reso pubblico. Per due settimane, all'uomo e alla moglie venne impedito di avvicinarsi al letto della bambina, che era ricoverata all'ospedale. Anche alla moglie, perché poteva essere una sua complice. Nella stanza avevano il permesso di entrare soltanto i nonni paterni. I giornali, in questa vicenda, subito ci inzupparono il pane. L'uomo era chiamato «mostro». Intorno a lui subito si fece il deserto. I vicini di casa evitavano di parlargli quando lo incontravano sulle scale. L'uomo e la moglie e le loro reazioni sbigottite, cosí come trasparivano dalle pagine dei giornali, inducevano a pensare che si trattasse d'un sospetto completamente infondato. Però gli esseri che sembrano piú timidi, piú mansueti e piú civili, possono nascondere abitudini sordide o anche delitti orrendi. Questo si sa. L'uomo e la moglie appresero che non avrebbero mai rivisto la figlia. Dopo l'ospedale sarebbe stata portata in un istituto e messa in adozione. Cosí avevano deciso i giudici minorili. Trascorsero due settimane. Due settimane che furono, per quei genitori, un puro inferno. È facile figurarselo. Dopo quelle due settimane, l'uomo fu dichiarato innocente. Nulla rimaneva di quel sospetto. Sui giornali comparvero lunghi articoli, che compiangevano l'uomo e la moglie. A lui fu consigliato di far causa ai medici. Rifiutò. Voleva essere lasciato in pace, non vedere mai piú in faccia quei medici, né incontrare dei giudici, o degli avvocati, o dei giornalisti. La bambina fu dimessa dall'ospedale. Sembrava sempre sofferente, ma nessuno capiva cos'avesse. L'uomo e la moglie con la bambina partirono per la Sicilia, dove avevano dei parenti. La bambina in Sicilia fu visitata da nuovi medici, i quali scopersero che aveva un tumore nell'ano. Quei primi medici avevano scambiato un tumore per uno stupro. La bambina venne operata. È una vicenda dove tutto è assurdo e tutto atroce. Per due settimane, medici, magistrati, giornalisti, avevano inseguito l'idea d'uno stupro fondata sul nulla. Un medico certo può sbagliare, ma qui non un medico solo aveva sbagliato, avevano sbagliato in diversi. Fulmineamente avevano deciso tutti che si trattava di violenza sessuale. Colpevole era il padre con la complicità della madre, altre eventualità non venivano considerate. Fulmineamente i giornali ne avevano dato notizia, inzuppandoci il pane. Fulmineamente i giudici avevano vietato ai genitori di vedere la figlia e fulmineamente avevano progettato di metterla in adozione. Possibile che non abbiano pensato quei giudici, che era necessario chiedere ancora altre perizie mediche, e infine esaminare ogni circostanza in una luce piú intensa e piú chiara? prima di vietare a un padre e a una madre di visitare la propria bambina, e prima di comunicargli che presto sarebbe stata messa in adozione e tolta alla loro tutela per sempre? Possibile che non gli sia venuto in testa a quei giudici, il dubbio che l'intiera storia potesse essere, come era, il frutto d'un immenso errore?

Noi siamo istintivamente portati a credere che cose simili succedano solo in Italia, e che altrove non succedano mai. Ma non è cosí. Tre anni fa, in una cittadina inglese, Cleveland, una tranquilla famiglia fu investita da una bufera. Si trattava d'una famiglia normale e simile a tutte le altre che vivevano nello stesso quartiere. Il padre era un insegnante, la madre era una casalinga, e avevano tre bambini, due maschi e una femmina, fra gli undici e i due anni. Il piú piccolo dei bambini fu condotto un giorno dalla madre all'ospedale perché soffriva di disturbi gastrici e di una stitichezza ostinata. La pediatra, avendolo visitato, dichiarò ad altri medici dell'ospedale che a suo giudizio quel bambino era stato violentato. Fu allora interrogata la madre, che si mostrò sgomenta e stupefatta. Furono visitati ed esaminati i due bambini piú grandi. Furono interrogati a lungo. Le loro risposte intimidite, smarrite e confuse accrebbero i sospetti. Non è difficile ottenere da un bambino risposte che suonino incerte e dunque ambigue, quando ci siamo cacciati in testa che debbano celarsi nella sua esistenza dei segreti sinistri. Tutti e tre quei bambini erano, secondo la pediatra e gli altri medici, vittime di violenza sessuale. *Sexual abuse*. Colpevole non poteva essere altri che il padre. Fu imposto al padre di lasciare la casa. Per alcuni mesi, fra marzo e luglio, non gli fu consentito di vedere i figli. Padre e madre si incontravano di nascosto. Sapevano quale rischio li minacciava: perdere la tutela dei figli per sempre. Alla madre era stato consigliato di chiedere la separazione. Stava per farlo, nel terrore che anche a lei fosse impedito di vedere i bambini. Cosí quel matrimonio che era stato fin allora solido e sereno, fu sul punto di sfasciarsi. L'incubo durò dunque per alcuni mesi. Nel luglio, fu accertata l'assoluta innocenza del padre. La famiglia tornò a essere unita. Il padre poté riabbracciare i figli, sedere con loro alla luce del sole nel giardinetto di casa. E tuttavia è facile supporre che quei mesi infernali abbiano lasciato nell'animo dei genitori piaghe immedicabili, e che tutto quel periodo di interrogazioni e indagini e sospetti abbiano turbato e distorto qualcosa nell'animo dei bambini. Questa vicenda venne riferita dal «Sunday Times». La madre aveva scritto un diario di quei giorni tremendi. Si apprese poi che da quell'ospedale erano partite in gran numero denunce di violenza sessuale, di *sexual abuse*, e in gran numero in quella cittadina uomini innocenti erano stati sospettati d'aver stuprato i loro bambini.

Non di rado accade di chiedersi se tutto il mondo oggi non sia impazzito. È un mondo che ovunque vede spettri. Famiglie tranquille si trovano sbalzate nel centro dei piú sinistri sospetti. Poiché i casi di violenza sessuale nelle famiglie sono tanto frequenti, e tanto di frequente oggi ne viene data notizia, medici e magistrati ne scorgono in ogni angolo qualche segno. I giornalisti subito ci inzuppano il pane. Fa spavento la rapidità fulminea con cui su questi segni inesistenti viene costruito un sospetto cosí robusto da risultare un'accusa. E poi la rapidità fulminea con cui questa accusa viene articolata e resa pubblica. Nella vicenda dell'insegnante di Cleveland, subito parenti e conoscenti credettero vero il sospetto e l'uomo subito si trovò solo. Egli si trovò a dover affrontare dentro di sé sia l'angoscia d'un'accusa che lo faceva apparire infame agli occhi di tutti, sia l'angoscia e il terrore di poter perdere la tutela dei figli per sempre. Sentimenti identici furono certo quelli che ebbe a provare a Milano l'innocente padre della bambina la cui malattia era stata cosí rapidamente dai medici definita uno stupro. Fa spavento il fatto che degli episodi di questa natura possano verificarsi non solo in Italia ma anche altrove, che siano dunque frutti del nostro tempo. Fa spavento soprattutto la totale assenza di esitazioni o dubbi da parte dei medici, dei magistrati, dell'opinione pubblica. Molto spesso la gente insegue spettri. Ha visto a volte la vita quotidiana assumere connotati orrendi e adesso tali connotati orrendi crede di scorgerli ovunque.

Lo strano è che questo accade soprattutto intorno ai bambini. Soprattutto dove ci sono bambini, chi ha il compito di occuparsene, si tratti di medici, magistrati o operatori sociali, a volte vede spettri. Questo nasce non da una reale, ansiosa e intensa attenzione alla vita dei bambini e a una ferma volontà di proteggerla, ma nasce invece da un'idea astratta, asettica, rarefatta. È un'idea che proviene dalla mentalità dei tiepidi. Da quella mentalità che si chiude alteramente nelle proprie argomentazioni verbose, in un altero impasto di false cognizioni psicologiche. Astrazione, tiepidezza, spettri. Gli spettri, poiché esistono veri e gravi pericoli e i bambini li corrono di continuo, gli spettri vengono usati da medici e giudici come una legittima, incontestabile arma di sostegno. Difficile è diventato distinguere fra la ragione e il delirio, fra la verità e gli spettri. Astrazione, tiepidezza, spettri. Da simili accoppiamenti partono di frequente azioni fulminee, che distruggono famiglie e case.

Nei confronti dei bambini, la magistratura è a volte fulminea nelle sue azioni, e a volte invece, quando occorrerebbe prontezza, si muove con una lentezza da bruco. Nella vicenda di Serena Cruz, sarebbe stata indispensabile una risoluzione rapida, quando la bambina era in Italia da pochi giorni e già era nato nei giudici il sospetto d'una illegalità. Ma era, essi dicono, solo un sospetto. Cosí sono passati mesi e mesi. Quando le istituzioni si sono mosse, si sono mosse allora con una rapidità fulminea, senza tener conto di nulla. Se intendevano far qualcosa, non dovevano forse agire prima che si fosse creato, fra la bambina e i Giubergia, un rapporto cosí forte e profondo? Il sospetto delle istituzioni è durato quattordici mesi. La loro decisione è durata poco piú d'un giorno ed è stata allora fulminea, lacerante, impietosa.

Secondo me la legge 184, «provvida ed avanzata», è avanzata però su strade storte. Questa è la mia precisa sensazione.

Se fosse avanzata su strade giuste, perché oggi cosí spesso dovremmo trovarci davanti a vicende di sgomento, desolazione e devastazione?

Coloro che si occupano di adozioni, affermano che è necessario dare una famiglia a un bambino, e non già un bambino a una famiglia, come era prima. E questa è un'affermazione sulla quale potremmo essere tutti d'accordo.

L'interesse del bambino, il benessere del bambino, devono stare al centro di ogni scelta o determinazione.

E dice l'articolo 3 della Convenzione Internazionale dei Diritti dell'Infanzia:

«In tutte le azioni riguardanti bambini, se avviate da istituzioni di assistenza sociale, private o pubbliche, tribunali, autorità amministrative o corpi legislativi, i maggiori interessi del bambino devono costituire oggetto di primaria considerazione».

Io ho l'impressione che, da quando è stato stabilito che «il benessere del bambino» deve essere situato al centro di tutto, i bambini e le persone che li crescono o si preparano a crescerli, vengano troppo spesso a trovarsi in situazioni disperate.

È ovvio che *i maggiori interessi del bambino devono essere oggetto di primaria considerazione*. Però *i maggiori interessi del bambino* vanno osservati caso per caso, essendo in ogni caso e in ogni circostanza diversi. In astratto, il termine *maggiori interessi* non significa assolutamente nulla.

Il benessere del bambino deve essere situato al centro di qualsiasi scelta. Però che cos'è il benessere del bambino? e in genere che cos'è il benessere? La parola «benessere» non ha mica per tutti il medesimo senso. Piú giusto sarebbe dire «il bene». «Il bene» è una parola piú vasta e consente piú vaste ipotesi, piú vasti pensieri. Il bene del bambino, cioè tutto quello che non gli fa male, che non gli porta offesa, che lo lascia crescere in pace. Anche la Convenzione dei Diritti dell'Infanzia dovrebbe esprimersi diversamente. Dovrebbe esprimersi in una forma piú umile. Dovrebbe dire: «In ogni azione riguardante bambini, le istituzioni, i tribunali eccetera, devono cercare di agire in modo che ai bambini non venga fatto nulla di male».

Dare una famiglia a un bambino e non già un bambino a una famiglia. È ovvio. Però se un bambino viene adottato, il suo destino si lega immediatamente al destino delle persone che lo adottano. Se avendolo adottato quelle persone sono felici con lui e lo amano, anche il bambino è felice con loro. Il benessere, il benessere nel suo significato universale e reale, di armonia e di reciproca intesa, non può essere che reciproco. Nel momento dell'adozione, diventano una cosa sola, bambino e famiglia. Perciò a pensarci bene, quella frase apparentemente cosí ovvia non ha mica nessun senso.

Dopo il fatto di Serena Cruz, con grande frequenza ci è accaduto di leggere sui giornali notizie di bambini portati via ai genitori, adottivi o naturali. Notizie di bambini che sono stati prelevati nelle case, o nelle scuole, o negli asili-nido, da assistenti sociali e carabinieri, per decreto del tribunale, portati via e messi in adozione. Verranno scelte per loro nuove famiglie gradite ai giudici. I genitori li perdono cosí per sempre. Non li rivedranno mai. A volte non si tratta di genitori, adottivi o naturali, ma di nonni o zii che li avevano cresciuti perché erano bambini orfani. Le motivazioni occasionali del tribunale cambiano di volta in volta. La miseria dei genitori. Una illegalità nell'adozione, quando si tratta di genitori adottivi. La vecchiaia dei nonni. La salute precaria degli zii. Cosí chi è povero vive oggi in un nuovo spavento: che i bambini gli siano tolti. E chi è vecchio o malato vive in un nuovo spavento. Comunque il modo come un bambino viene portato via è in genere uno solo, assistenti sociali e forza pubblica. E la motivazione di fondo è sempre una sola: il benessere del bambino. La vita di un bambino viene devastata per ricostruirla migliore. O meglio in un modo che secondo le istituzioni è migliore. Però intanto viene devastata. Ora si sa troppo bene che le devastazioni, nell'infanzia, portano conseguenze irreparabili. Lo sanno tutti. È un fatto ormai noto. E tuttavia inesorabilmente, di continuo, vengono operate queste devastazioni, con la forza pubblica.

Ci si chiede se, quando non c'era la legge 184, «provvida ed avanzata», queste devastazioni erano altrettanto frequenti. Ci si chiede se magari non era meglio prima, quando le istituzioni non avevano ancora stabilito che era loro dovere e loro diritto irrompere a forza nella vita privata della gente.

I genitori o le persone che hanno allevato i bambini si ribellano in ogni forma possibile, nel vederseli portar via. E con loro a volte si ribellano i vicini di casa, gli amici, o estranei che hanno appreso la notizia. Vengono formati dei comitati, viene scritto al papa, al presidente della Repubblica, al ministro di Grazia e Giustizia. Ma tutto è abitualmente inutile. I magistrati che hanno cura della protezione dell'infanzia per solito non tornano indietro. Le loro decisioni sono incrollabili e le loro volontà irrevocabili. Per qualche giorno, a volte per mesi, i giornali parlano della disperazione dei genitori, e dello sdegno dei cittadini, o di quelli fra i cittadini che trovano tali azioni disumane e inaudite. Poi sopravviene il silenzio. I vari comitati si arrendono e lentamente si sciolgono. Che cosa fare? Della sorte dei bambini non si sa piú nulla. A nessuno è dato saperne ancora qualcosa. Scompaiono in istituti e il Tribunale dei Minori li mette in adozione. Vengono davvero adottati, o dati in affidamento provvisorio a famiglie, o invece restano negli istituti per anni e anni? A nessuno è dato saperlo. Soltanto le istituzioni lo sanno. E come può la gente prestar fiducia alle istituzioni? Questa fiducia non esiste piú. Dopo tanti fatti cosí strani, cosí crudeli, come fa la gente a credere ancora che davvero le istituzioni si diano pena del *benessere del bambino*?

In verità il bene del bambino è crescere con qualcuno che gli vuol bene. Non è forse il suo *benessere*, ma è il suo bene. Il benessere, il benessere materiale, può svanire domani in un soffio, e non lascia radici. Ma il bene lascia radici. Spezzare e devastare queste radici può fare di lui un infelice per tutta la vita. Per tutta la sua vita si porterà dietro il ricordo, consapevole o inconscio, di quel giorno in cui a un tratto è scomparsa la sua casa, la sua famiglia, tutto quello che lui credeva suo.

Il bene d'un bambino è crescere con qualcuno per cui egli è un valore supremo. I bambini che crescono negli istituti, sentono di non essere un valore supremo per nessuno al mondo.

Ma l'affetto, obbiettano degli psicologi, in se stesso non può dirsi un bene, perché è possibile che sia un affetto di natura malata, oppressiva, ossessiva. Sí, però è affetto. Sulla qualità dell'affetto, ci si può sbagliare. Un tipo di affetto che oggi sembra equilibrato e tranquillo, domani può diventare oppressivo. Però intanto è affetto. Nessuno è in grado di leggere nel futuro. Ma venga dato a un bambino oggi quanto oggi gli è necessario. Oggi gli è necessario crescere con una persona o con persone per cui egli è un valore supremo. Se cresce cosí, non lo toccate. Non dovrebbe a nessuno essere consentito di toccarlo.

Gli esempi di bambini strappati con la forza pubblica alle persone con le quali vivevano, probabilmente sono assai piú numerosi di quanto sappiamo perché non è detto che i giornali ne diano notizia sempre. Mesi fa abbiamo appreso dai giornali di una nonna alla quale era stato tolto il nipote di quattro anni, orfano di entrambi i genitori, perché il tribunale l'aveva giudicata troppo vecchia per allevarlo. Una mattina il bambino l'hanno portato via dall'asilo e la vecchia signora non l'ha mai rivisto. Non ne sa piú nulla da sette anni. Scomparso dalla sua vita per sempre.

Nel maggio, a Torino, è stato discusso il caso seguente. Una coppia di coniugi, Piero Todarello e Giuseppina Morra, hanno due figli: e con loro in casa c'è un altro bambino, nato da una relazione di Todarello con un'altra donna, Stefanina Capitani. Per un certo tempo, abitavano tutti insieme, Todarello, Giuseppina Morra, Stefanina Capitani, i tre bambini. «In stato di promiscuità», affermarono i giudici, e decisero che i bambini dovevano essere messi in adozione. Sottratti ai genitori perché questi vivevano in tre? Perché i bambini avevano un padre e due madri? Non è padrona la gente di vivere come gli piace, se non fa danno a nessuno? Dissero i giudici: «I bambini vanno tolti da quella casa. Sono "vestiti malamente" e spesso lasciati soli durante la notte. Lo "stato di promiscuità" in se stesso non sarebbe fondamentale, ma i bambini qui sono anche in stato di abbandono. Perciò è necessario metterli in adozione». I genitori si sono battuti perché gli fossero lasciati i bambini. Stefanina Capitani se ne andò via. Todarello e Giuseppina Morra rimasero soli con i tre bambini. Si dissero in grado di pensare alla loro educazione. Ma lo stato di abbandono permaneva, secondo i giudici. I bambini avevano «ritardi evolutivi». Non so come questa vicenda si sia conclusa. Ne dà notizia un articolo della «Repubblica», il 23 maggio, a firma di Carlo Chianura.

Nel medesimo articolo, si dice che «da oggi in poi i giudici hanno una linea chiara per dichiarare adottabile o no un bambino. L'ha dettata la Corte di Cassazione con una sentenza che diventa importante specie dopo le polemiche scoppiate intorno alla vicenda di Serena Cruz. I supremi giudici dicono ai magistrati che dovranno decidere se strappare un bambino alla famiglia naturale: *non tenete in nessun conto la sofferenza dei genitori* (il corsivo è mio). E non considerate come impedimento per le vostre decisioni *nemmeno le sofferenze che possono derivare al piccolo* (di nuovo il corsivo è mio) dal temporaneo ricovero in un istituto. Perché l'importante... non è il presente, ma il futuro: e voi giudici dovete giudicare proprio pensando al futuro del bambino».

Ma non sanno questi giudici, che nella prima infanzia le separazioni e le perdite generano devastazioni? e che queste devastazioni sono immedicabili e irrimediabili? E non capiscono che il destino di un bambino è mischiato inestricabilmente a quello delle persone con cui è cresciuto? Che le sofferenze delle persone con cui è cresciuto e le sue stesse sofferenze quasi sempre sono una cosa sola? Che se si strappa un bambino dalla propria casa soffre disperatamente chi resta nella casa vuota, ma quella casa è stampata per sempre, con rimpianti e con lagrime, nell'anima del bambino? Cosa vuol dire «soffrano pure tutti, non importa»? Hanno dei figli, questi magistrati della Corte Suprema? e se a loro glieli togliessero questi figli, direbbero ugualmente «soffrano pure tutti, non importa, perché bisogna pensare al futuro»? Quale futuro? Cosa ne sanno del futuro i giudici? cosa ne sappiamo? L'unica cosa che sappiamo con assoluta certezza è questa, che delle ferite e delle perdite subite nell'infanzia la persona umana non guarisce mai.

Questa sentenza della Cassazione ha gelato il sangue a tutti. Se su Serena Cruz e sull'illegalità la gente era divisa, su questa sentenza della Cassazione sono tutti insorti. Da ogni parte si sono alzate voci stupefatte. Però insorgere a che cosa serve? La Corte di Cassazione è il potere supremo. Dinanzi a questo potere supremo cosa può fare la gente?

Nel maggio, in Sardegna, due gemelle di otto mesi furono tolte ai genitori perché il padre era disoccupato e la madre cagionevole di salute. Malate di bronchite, denutrite e anemiche, le due gemelle erano state ricoverate all'ospedale. I genitori venivano sempre a trovarle. Seppero un giorno che c'era in corso un procedimento e che rischiavano di non rivederle piú. Cercarono di riprenderle, nascostamente, e riportarsele a casa. Scoperti, si difesero con pugni e calci. Condotti al commissariato, furono incriminati per tentata sottrazione di minore. Le gemelle dall'ospedale vennero trasferite in un istituto e messe in adozione. Cosí raccontavano i giornali. È dell'estate la notizia di sei ragazzi tolti ai genitori e messi in adozione perché andavano male a scuola, avevano i pidocchi, la casa dove abitavano era sembrata alle assistenti sociali sporca e fatiscente, il padre era disoccupato, la famiglia troppo numerosa: dieci figli in tutto. Le proteste del padre rimasero inascoltate. A questa notizia i giornali avevano dato gran rilievo, ma altre simili sono riferite con rilievo minimo: ormai sono troppe. Circa un mese fa c'era uno stelloncino sul «Corriere della Sera»: «Giudice, dove sono i miei figli? da cinque mesi non so dove sono i miei figli, non so come stanno, è una cosa terribile, sembra di essere ai tempi di Erode». Un uomo di Vigevano si trovava a Milano con la moglie e con la bambina piú piccola. Chiedeva che sulla sua vicenda non scendesse il silenzio. L'inverno scorso, in dicembre, nella loro casa di Vigevano «bussarono i carabinieri»; erano venuti per prendere in consegna cinque dei sei figli della coppia. Scomparsi, tutti e cinque, chissà dove, dallo scorso dicembre.

Come dovrebbero agire le istituzioni? È cosí semplice e cosí ovvio che non ci sarebbe nemmeno bisogno di dirlo. Se un capofamiglia è disoccupato, provvedano a cercargli lavoro. Se non ha casa, provvedano per una casa. Se i bambini sono allevati da nonni vecchi, venga dato aiuto a questi vecchi e a questi bambini. Se sono bambini lavati male, vestiti male, se hanno i pidocchi, le assistenti sociali si diano cura di portargli vestiti e pomate e di fare in modo che si lavino meglio. Sennò le assistenti sociali, a cosa servono e perché ci sono?

Oppure il compito delle assistenti sociali è unicamente quello di consegnare ai giudici le proprie relazioni verbose, dove la vita reale delle persone è del tutto assente?

Agisce in questo modo lo stato di un paese civile? Manda i carabinieri nelle case? i bambini li fa sparire non si sa dove?

I cittadini fanno parte dello Stato. È un loro assoluto diritto essere soccorsi dallo Stato quando sono in grande miseria. È uno stretto dovere dello Stato soccorrerli. Non lo fa. Non lo fa, però dovrebbe farlo. Non lo fa e invece manda in polvere le famiglie. Separa i figli dai genitori. I fratelli dai fratelli. E allora di un simile Stato cosa dobbiamo pensare? quale specie di fiducia gli diamo?

I bambini dovrebbero essere tolti alle persone che li crescono, soltanto per motivi di una gravità estrema. Quando le persone che li crescono gli fanno del male. Però del male vero, visibile, concreto, palese. Quando in un bambino ci siano dei veri, visibili segni di disagio famigliare, di patimenti famigliari, o di corruzione, o di maltrattamenti subiti. Quando è impossibile metter fine a una situazione tremenda, se non con una separazione. Allora è un fatto di forza maggiore. Soltanto allora lo Stato ha il diritto di intervenire. Diversamente ogni intervento dello Stato è violento e ingiusto, ed è sempre violento e ingiusto, senza valide motivazioni, ogni intervento dello Stato nella vita privata della gente.

Tempo fa, i giornali riferivano d'una ricca famiglia di Torino, che aveva adottato quattro bambini ecuadoriani. I bambini dovettero essere ricoverati in ospedale con ecchimosi e costole rotte: la madre adottiva li picchiava a sangue. Due dei bambini, i due maschi, vennero tolti a quella famiglia, per decreto del tribunale, ma le due femmine gli furono restituite. Cosí raccontavano i giornali. Perché due bambini gli sono stati tolti e due restituiti? Quella madre fu condannata a dieci mesi di reclusione; il padre, assolto per insufficienza di prove. Però dopo il carcere, lei sarà tornata a casa. Come vivranno, con quella madre, le due bambine restituite?

Ci sembra che in quelli che hanno il compito di pensare all'infanzia e difenderla, è venuto meno totalmente il senso delle distanze, quelle distanze che esistono nella realtà. È scomparsa, in loro, la facoltà di scorgere quali immense lontananze separino una frode ignobile e abbietta da una frode leggera, quanto immensa sia la differenza fra un figlio lavato male da una madre affaticata o distratta ma tenera e un figlio magari lavato molto ma picchiato a sangue, fra uno schiaffo occasionale e casuale e delle orrende, giornaliere persecuzioni. È andato perduto, in quelli che si occupano di bambini, lo sguardo che scinde un fatto dall'altro, che osserva le diverse fisionomie e i diversi casi umani, lo sguardo che sale dal profondo e si studia di discernere il bene e il male. Esso è stato sostituito con un'idea astratta di perfezione. Un'idea asettica, rarefatta. Le istituzioni si muovono innalzando davanti a sé questa idea come una bandiera. Cosí tolgono i bambini ai poveri, o ai vecchi, o in genere a coloro che li allevano e li amano allevandoli e amandoli come possono, con fatiche e stenti e in maniera magari disordinata e non rispondente alle regole dei manuali. È necessario, dichiarano le istituzioni, difendere i *maggiori interessi del bambino*. Ma in verità è del tutto impossibile difendere i maggiori interessi del bambino o di chiunque, se quello sguardo che discerne il bene e il male si è spento e al suo posto si alza, consapevole unicamente di sé e delle proprie norme immobili, un'idea astratta, asettica, rarefatta di perfezione.

Un bambino di sette anni, Marco Fiora, è stato rapito dai banditi, a Torino, come certo molti ricordano. Era un bambino di salute delicata e di nervi fragili. Il suo sequestro è durato a lungo: se non sbaglio, diciassette mesi. I genitori non avevano denaro abbastanza per pagare il riscatto. Finalmente è stato liberato e restituito ai suoi. Al padre è stato chiesto di portarlo in televisione, per un'intervista. Il padre ce l'ha portato. Certo la televisione era l'ultimo luogo dove portarlo, un bambino cosí provato, spaventato, sofferente. Certo il padre doveva rifiutare. Avrà stupidamente ubbidito, il padre, al forte richiamo che esercita la televisione sulle persone semplici. Il giorno che è seguito a quell'intervista, un giudice minorile ha dichiarato che bisognava togliere quel bambino ai genitori, metterlo in adozione. Trovava indegno che il bambino fosse stato cosí esposto al pubblico. Molti l'avevano trovato indegno: era stato indegno invitare il padre, e insensato da parte del padre accettare l'invito. Ma è possibile pensare di togliere un figlio ai genitori per sempre, soltanto a causa d'un'insensatezza paterna? E come può venire in testa di togliere un figlio per sempre, a un padre e a una madre che hanno vissuto per diciassette mesi nell'incubo, non sapendo se il figlio era vivo o morto? E come può venire in testa di allontanare di nuovo da casa sua, un bambino appena liberato da un sequestro, e privarlo dei suoi per sempre? Grazie a Dio, a quel giudice non è stato dato ascolto. Però intanto per qualche giorno i genitori avranno preso paura. Ma come si fa a mettere paura a due persone che hanno passato quello che hanno passato? cancellando la pietà dall'universo, quasi fosse un sentimento di qualità vile, deteriore, infamante?

Ho torto allora se dico che quelli che si occupano di bambini, hanno perso totalmente il senso della realtà? Non lo sanno che la gente nel crescere i figli fa un mucchio di sciocchezze e di errori? E non hanno figli, questi giudici? Non hanno fatto loro stessi, nel crescerli, sciocchezze, insensatezze ed errori?

Lo strano è che quel giudice, che aveva proposto di mettere in adozione il bambino portato in televisione dal padre, si è mostrato, in altre circostanze, un giudice diverso dagli altri, pronto a difendere i bambini dalle azioni violente che li separavano dalle famiglie. E allora cosa gli è successo, in quel momento, quando ha fatto quella proposta? cosa diavolo gli è successo? Come è possibile che in una persona che appare estranea all'insensibilità e all'astrazione, improvvisamente prenda voce una simile idea impietosa?

Mesi fa, una coppia di genitori adottivi ha riportato al Tribunale dei Minori una ragazzina africana, che essi avevano adottato per un voto a non so quale santo e che avevano con loro da molti anni. La trovavano ribelle, insolente, capricciosa, difficile. Perciò l'hanno data indietro, come si dà indietro un mobile, un oggetto che è scomodo e ingombrante e non serve a nulla. L'hanno lasciata là, negli uffici del tribunale, e se ne sono andati. Questi genitori li avrei processati per abbandono di minore. Non risulta che ciò sia stato fatto. Non si poteva, mi ha detto qualcuno, perché quella ragazzina aveva piú di quattordici anni e dopo i quattordici anni l'abbandono di minore non sussiste. Quella ragazzina aveva quindici anni. Cos'era, se non era un minore? E cosa fa una ragazzina di quindici anni, per di piú africana e perciò sradicata dalla sua terra, se i genitori adottivi, stufi di lei, la riportano negli uffici dei giudici? Non dovrebbe essere proibito, per legge, abbandonare un figlio adottivo fino a quando non sia adulto, ma adulto veramente? Chi l'ha adottato non ne è forse responsabile, come fosse un figlio del suo stesso sangue? È permesso che lo restituisca ai giudici, semplicemente perché non gli piace piú?

Come mai non sono stati puniti questi genitori? La bambina non l'hanno piú voluta, e va bene, non importa, se ne vadano pure in pace? E invece vengono puniti i Giubergia, privati della figlia, per una illegalità? Ma i genitori della ragazzina africana non hanno forse tradito un impegno, e in qualche modo violato la legge sulle adozioni, non forse nella lettera ma nello spirito? I maggiori interessi del minore, poiché un minore in verità lo era sempre, non se li sono messi sotto i piedi?

5.

La legge 184 sulle adozioni dice:

«L'adozione è permessa ai coniugi uniti in matrimonio da almeno tre anni fra i quali non esista separazione personale neppure di fatto e che siano idonei ad educare, istruire e mantenere i minori che intendono adottare.

«L'età degli adottanti deve superare di almeno diciotto e di non piú di quarant'anni l'età dell'adottando».

È necessario, sostengono le istituzioni, scegliere una coppia *giovane* e *stabile*. Per quanto riguarda la giovinezza, a mio giudizio, è un'idea sbagliata. Esistono dei cinquantenni o dei sessantenni che sono giovani nell'animo e dei venticinquenni con l'animo di vegliardi. Una legge non dovrebbe ignorare quanto multiforme sia il genere umano. Se lo ignora, è una legge pessima.

Cosí, secondo la legge, chi ha piú di quarantacinque anni non può chiedere in adozione un bambino piccolo, ma soltanto un bambino sui sette anni e oltre. È una responsabilità grave adottare un bambino sui sette anni, un bambino che ha un passato alle spalle. Non tutti se la sentono. Molti vorrebbero adottare un bambino piccolo. È infinitamente piú semplice, soprattutto per chi non ha mai avuto figli. Non è mica una colpa preferire un bambino piccolo. Vuol dire conoscere i propri limiti. Ognuno deve fare quello che sente di poter fare.

Persone anziane o mature potrebbero essere degli ottimi genitori adottivi. Meglio di tanti giovani, dissennati e inesperti. Comunque non dovrebbe esserci questa norma. È una norma che non ha nessun senso.

Riguardo alla *stabilità* delle coppie, mi sembra ben difficile individuarla. Una coppia oggi può apparire stabile e domani essere disunita e divisa. Non dimentichiamo che oggi, con estrema facilità i matrimoni si sfasciano. Alle istituzioni non è dato indovinare il futuro. Questa facoltà gli manca. Non è mica una chiromante la legge.

Tutto quello che possono fare le istituzioni, nello scegliere per un bambino dei genitori adottivi, è aiutarsi con un poco di intuito. Studiarsi di capire se, in una coppia, uno dei due almeno ispira sicurezza, sembra fermo nell'intenzione di non tradire gli impegni.

Non capisco perché non debba essere consentito a un uomo solo, o a una donna sola, di adottare un bambino. Gli è consentito unicamente averlo per un periodo in affidamento. Donne sole e uomini soli, dalle adozioni vengono scartati in partenza. Non capisco perché.

Una donna sola può essere, per un bambino, padre e madre insieme. Cosí un uomo.

Mi rendo conto che per un bambino, è meglio essere adottato da una coppia, perché in tal modo ha entrambi i genitori, le due parti dell'universo. Però non dovrebbe esserci, per una donna sola o un uomo solo, una preclusione assoluta.

Mi rendo conto che su questo punto, non sarà d'accordo nessuno. Perché una donna sola, o un uomo solo, ci si immagina che si gettino su quel bambino in maniera affamata e ossessiva. Ma non è detto che questo sia. Il mondo è vario. E comunque non trovo giusto che a quelli che vivono soli si debba, in partenza, chiudere la strada.

Nel formulare la legge, si sarà forse pensato che una donna sola, o un uomo solo, possono morire lasciando il bambino orfano. Ma non è mica una ragione buona. Madri vedove e padri vedovi allevano figli.

Meglio le coppie, certo, ma senza preclusioni. Non dovrebbero esistere preclusioni assolute e rigide, né di solitudine, né di età.

Questa legge dovrebbe essere piú elastica, piú flessibile, piú sensibile, piú aperta a tutte le possibili circostanze.

Ma dovrebbe essenzialmente cambiare, in quelli che si occupano di adozioni, nei vari giudici e psicologi e operatori sociali tenuti a occuparsene, dovrebbe essenzialmente cambiare l'atteggiamento usato con quanti chiedono di adottare un bambino. Li pensano come fossero dei sospetti rapinatori. Il loro desiderio di adottare un figlio lo considerano un desiderio rapace di appropriazione. Li vedono come volpi o lupi o uccellacci da preda.

Ora invece il desiderio di adottare un figlio è quasi sempre un desiderio ammirevole e nobile. Quasi sempre. Certo esistono genitori che adottano bambini non si sa perché. Come la madre dei piccoli ecuadoriani che li picchiava a sangue. Ma non ce ne saranno mica tanti cosí. In genere, chi vuole adottare un bambino lo vuole adottare per dargli affetto e il meglio di sé. Non è allegro adottare un bambino. È pesante. È sacrificio e fatica. Infinitamente piú comodo non farne nulla.

Per adottare un figlio è sempre necessario del coraggio. Qualche volta l'adozione è anche un proposito eroico. Esistono persone pronte ad adottare bambini infermi, sieropositivi, focomelici. Sono atti eroici. Però non a tutti è dato comportarsi da eroi. L'eroismo non si può chiedere a tutti. Alcuni rifiutano un bambino infermo. Lo vorrebbero sano. Questa non è mica una colpa. È duro legare il proprio destino a un bambino infermo. Non tutti se la sentono.

I giornali a volte riferiscono di genitori adottivi dotati di un coraggio straordinario. Lo Stato non li aiuta. Sulla «Stampa», lo scorso ottobre, si parlava d'un operaio di Campobasso, emigrato in Piemonte, senza figli. Lui e la moglie decisero di adottare un bambino. Aspettarono quattro anni. Poi vennero informati che in un istituto c'era una bambina di nove anni, infantile per la sua età, difficile, con gravi inibizioni, crisi e turbamenti. Uscirono con lei per due volte. La terza volta accettarono di adottarla. Quella bambina era stata tolta alla madre a quattro anni perché la madre la metteva fuori di casa e chiudeva la porta. L'uomo che viveva con la madre «non amava i bambini». Era stata ricoverata in ospedale piú volte con ferite e segni di sevizie. Infine era stata accolta nell'istituto. Una famiglia l'aveva presa, ma presto restituita perché difficile. Mangiava carta straccia e tutto quello che trovava per terra. L'operaio di Campobasso e la moglie se la portarono a casa. Lentamente riuscirono a guarirla dell'abitudine di nutrirsi con la carta o con l'erba strappata sui margini delle strade. Ma a scuola non faceva nulla. Secondo il giudizio della psicologa delle Usl che l'aveva esaminata, il suo cervello era come una tazza rotta e bisognava rimetterlo insieme. Consigliò la psicoanalisi. Il padre adottivo la mandò da una dottoressa: quarantamila lire a seduta. Poi rimase senza lavoro. Chiese un sussidio e la Provincia glielo assegnò: centosessantamila lire al mese. Quando ritrovò lavoro il sussidio gli fu tolto. Con quello che guadagna ora – un milione e duecentocinquantamila lire al mese – deve pagare l'analisi e mantenere la bambina e la moglie. La moglie è invalida. Egli dice: «Adoro mia figlia e non voglio medaglie per averla adottata. Lo rifarei adesso. Però non è autosufficiente; può diventarlo. Se domattina io non ci sono piú, chi pensa a lei?» Le Usl non possono fare niente. Non pagano le cure psicoterapiche. Nella scuola che la bambina frequenta, l'insegnante di sostegno non c'è, non è stato trovato. Perché le istituzioni, in presenza di situazioni cosí gravi, voltano le spalle? Perché non vengono in aiuto a persone che hanno tolto un bambino da un istituto, e che dunque si sono assunte il carico d'una responsabilità che competeva allo Stato?

Il mondo delle adozioni è oggi un mondo avvolto nelle tenebre, agli occhi della gente. È un mondo immerso nel piú fitto mistero. Come mai?

Che fine fanno i bambini, non lo sappiamo. Non sappiamo dov'è finita Serena Cruz. Non sappiamo dov'è finito quel bambino di cui la nonna non ha notizie da sette anni. Non sappiamo dove siano finiti molti altri bambini di cui hanno parlato i giornali.

È un mondo pieno di *desaparecidos*. Vorremmo sapere perché.

Da un lato, comprendiamo che è giusto che un bambino adottato viva tranquillo con i genitori adottivi, senza interferenze. Da un lato ci rendiamo conto che è giusto. Però d'altronde in molti casi le sparizioni ci sembrano inesplicabili. Vorremmo piú luce.

Ma soprattutto vorremmo poter nutrire fiducia nelle istituzioni. Attualmente, come abbiamo detto, questa fiducia è del tutto assente.

Nemmeno sappiamo con quale criterio vengano decise le adozioni. Quelli che hanno chiesto di adottare un bambino, con quale criterio sono dichiarati idonei, o inidonei? Con quale criterio sono preferiti e scelti? Secondo i denari che hanno? Viene tenuto conto dei denari che hanno? Formalmente, non se ne tiene conto, o se ne tiene conto nel minimo limite necessario; ma se ne tiene conto invece di fatto? Lo vorremmo sapere.

In verità non dovrebbe essere tenuto conto dei denari che hanno, se non in minima misura. Bisognerebbe essenzialmente chiedersi quanto sia vivo, nelle richieste di adozione, il desiderio di un figlio. La situazione economica dovrebbe essere secondaria. Perché sennò allora, i ricchi sarebbero preferiti sempre, e questo non è giusto, né per quelli che chiedono di adottare un bambino né per il bambino stesso. E dove è scritto che i ricchi allevano i figli meglio dei poveri?

Negli istituti italiani, dicono, ci sono cinquantanovemila bambini. È cosí davvero? E allora come mai sono tanto lunghe le liste di attesa? Come mai chi vuole adottare un bambino deve aspettare per anni e anni, finché spesso è costretto a rinunciare, per via della legge, che impone limiti di età?

Come mai tante volte chi vuole adottare un bambino è costretto ad andare all'estero, se è vero che negli istituti italiani i bambini sono cinquantanovemila?

Perché tutte queste tenebre? perché tutto questo mistero? Non potremmo avere, di quel mondo, qualche informazione sicura?

Nilde Jotti ha detto: «Non vorrei che dietro a tutto questo [ovvero dietro alle molte richieste d'adozione, a cui corrispondono poche adozioni effettive] ci fosse l'interesse degli istituti a restare in vita». I giudizi negativi che rallentano le pratiche adottive, e il segreto e il silenzio, non sono forse alleati di fatto agli interessi degli istituti?

Sulla maternità, sulla paternità e sulla tutela, le istituzioni coltivano oggi delle idee storte. Questo l'abbiamo capito. E d'altronde non c'è da meravigliarsene, essendo esse totalmente distaccate dalla realtà.

In passato, per mettere un bambino in adozione, era necessario il consenso dei genitori, se erano vivi. Adesso non è piú necessario. Basta decidere che un bambino è «in stato di abbandono». Lo «stato di abbandono» può essere deciso anche se i genitori son vivi e non l'hanno per nulla abbandonato, ma lo allevano con stenti e fatiche.

La sentenza della Corte di Cassazione sembra uscita fuori dalla testa di persone che mai hanno avuto figli. Persone a cui genitori e famiglie appaiono entità trascurabili. Soffrano pure tutti, non importa. Essenziale è soltanto il futuro del bambino. Se vive male in famiglia, bisogna dargli un futuro migliore.

Migliore come? Con piú ordine, piú pulizia, piú cultura, piú moralità, meno miseria? Alla pulizia e alla minor miseria, lo Stato provveda. Le istituzioni provvedano. Alla cultura provvedano le scuole e lo Stato.

Riguardo alla moralità, bisognerebbe capire di quale moralità si tratta. Mica tutte le idee di moralità sono uguali.

Riguardo all'ordine, come fanno a decidere e stabilire che un bambino cresce meglio nell'ordine che nel disordine, quando esistono infiniti esempi di persone che nel disordine, sono diventate adulte in un modo meraviglioso?

Chi di noi si fida dell'idea del futuro, come si è creata nella testa delle istituzioni? A chi non è venuta la sensazione che si tratta d'un'idea totalmente falsa?

E in nome di quale futuro può sembrare giusto levare un figlio ai genitori per sempre?

Che cos'è una famiglia? è un punto dove un gruppo di persone sta insieme, in una casa o in una stanza o in una *roulotte*. Si formano fra loro legami che possono essere forti o deboli, labili o tenaci. Da quel punto, il bambino guarda il resto del mondo.

Le famiglie possono essere pessime, repressive, ossessive, o indifferenti, o disamorate, o distratte, o tossiche, tarate, verminose. Molto spesso lo sono. Però a un bambino sono necessarie. Quando ne ha già una, non si può levargliela e dargliene un'altra se non per delle ragioni di una gravità estrema. Sarà comunque creargli nell'anima una desolata devastazione. Magari cresce molto infelice nella sua famiglia, se ne vergogna e la odia, però è un'infelicità dove la memoria si nutre e s'infoltisce ogni giorno. Domani, egli condurrà la memoria in quella foresta fitta e selvosa. Cambiargli lo scenario quando è bambino gli fa del male. Deve allora guardare il mondo da un punto nuovo. Il punto vecchio e il punto nuovo si scontrano. Ne nasce una guerra. Tale guerra può essere peggiore dell'infelicità perché domani la memoria, tornando su quei luoghi devastati, cercherà inutilmente le orme di ciò che era un'infanzia.

Riguardo agli istituti, essi non sono un punto da cui è possibile guardare il mondo. Sono sponde rumorose dove non succede niente e dove il mondo non c'è. Tutto o quasi tutto è meglio d'un istituto.

Però quei due fratelli Zanon, nella «Casa del Fanciullo», si erano inventati e creati fra loro, all'interno dell'istituto, una sorta di nucleo famigliare. Probabilmente a questo li aveva aiutati quel prete. Perciò non c'era fretta e bisognava cercare una famiglia che li accogliesse insieme. Tutto è meglio di un istituto, però tutto è meglio che dividere due fratelli.

Giorni fa, i giornali hanno dato notizia del caso di due sorelle, a Novara, una di cinque anni e una di due e mezzo. Erano state tolte ai genitori nel luglio, e ricoverate in un istituto di suore. Erano state tolte ai genitori perché alcune assistenti sociali avevano mandato una relazione al Tribunale dei Minori, dove accusavano i genitori di incuria e maltrattamenti. Il padre è operaio in una rubinetteria. La madre, casalinga. Dichiararono di poter dimostrare, con testimonianze, che le accuse di quelle assistenti sociali erano del tutto infondate. Ma le bambine intanto erano sempre in quell'istituto di suore. I genitori speravano di poterle riavere a casa per Natale.

D'improvviso invece ora i giudici hanno deciso che la bambina maggiore tornerà a casa, ma la piú piccola rimarrà nell'istituto e sarà messa in adozione. Danno l'ordine che la piccola non possa essere piú visitata da genitori e parenti.

Non importa che le due sorelle vengano divise, hanno

dichiarato i giudici. Non importa, perché fra loro c'è un rapporto *conflittuale*. Un rapporto *conflittuale* fra due bambine, una di cinque anni e l'altra di due e mezzo? Ma questi giudici hanno mai avuto dei figli? Hanno mai avuto un'infanzia? Fratelli o sorelle con i quali si tiravano i capelli? Era un rapporto *conflittuale*?

«Conflittualità», come «oblatività», come «rapporto ansiogeno», sono parole che vengono usate spesso, nella nostra società attuale. Fanno parte di quel linguaggio che intende distaccarsi dal linguaggio di tutti i giorni, prendere le distanze, separare il mondo di chi sa dal mondo di chi non sa. Ci rimbalzavano all'intorno continuamente, nei convegni sui bambini e sulle adozioni. E qui la parola «conflittuale» suona comicamente maestosa, elefantesca dinanzi al fatto a cui è riferita.

Su questa vicenda delle due sorelle di Novara, ho saputo poi alcuni particolari, da persone che avevano conosciuto la madre. La seconda bambina era nata prematura ed era stata tenuta in incubatrice per quaranta giorni. Alla madre avevano detto che non sarebbe vissuta. Quando l'aveva riportata a casa, la madre ancora a lungo aveva avuto la sensazione che fosse una bambina destinata a morire. Cosí si era creata in lei, per quella seconda figlia, una sorta di rancore doloroso. Si sentiva incapace a crescerla, una bambina tanto delicata, una bambina che le dava tanti pensieri, forse inutili perché non sarebbe vissuta. Perciò aveva sempre avuto con lei un rapporto piú difficile che con la figlia piú grande. Si trattava però soltanto d'un rapporto difficile, fra una madre fragile di nervi e una bambina che era stata, alla nascita, fragile di salute. Quella madre, qualcuno l'avrebbe dovuta aiutare a vincere il ricordo di quei quaranta giorni, nei quali la bambina le era parsa irraggiungibile di là dal vetro e perduta senza speranza. Ma non l'ha aiutata nessuno.

Riguardo alla maternità, viene oggi spesso ripetuta una frase che mi sembra falsa. Dicono: la maternità dev'essere una scelta, lucida, responsabile, razionale. Io non credo che la maternità possa mai essere una scelta lucida e razionale. Può essere una scelta responsabile ma è comunque una scelta cieca, del tutto irrazionale e caotica. Come può essere una scelta razionale se si pensa a quello che può abbattersi sui destini umani? a quello che può succedere alla gente che viene al mondo?

Poi ancora dicono: i figli desiderati si amano, gli indesiderati non si amano. Non è vero. Gli indesiderati si amano a volte piú degli altri.

Sono parole abitualmente ripetute a sostegno del fatto che l'aborto deve essere legale. In verità questo è un fatto incontestabile. Non gli servono dei sostegni.

Quando l'aborto era clandestino, tante erano le donne che morivano per aborto. Usavano ferri da calza o beveraggi perniciosi, sole nelle case, o giravano la città in cerca di soldi e in cerca di qualcuno che le aiutasse, magari sempre con beveraggi o ferri da calza. Morivano di aborto soprattutto le donne povere.

Il mettere al mondo il proprio figlio o abortire, penso che deve essere la madre a deciderlo, e nessun altro lo può decidere al posto suo. Non il padre, non i parenti, non i giudici, non i tribunali. Lei sola ha il diritto di scelta. Una scelta quanto mai caotica e cieca, anarchica e solitaria. Il figlio, finché sta nelle sue viscere, è una parte della sua persona. Come può sapere una persona cosa è meglio per sé e per una parte di sé? per il suo proprio destino e per il destino di una parte di sé, della quale non conosce niente? meglio la vita o meglio niente? Comunque la scelta è sua.

L'aborto è una cosa ben triste: una forma vivente che viene uccisa. Non deve essere clandestino ma legale. È possibile che una donna sia punita per avere esercitato un suo diritto di scelta? Cosa c'entrano, in questo, gli altri?

Riguardo alla maternità, è possibile pensare che a una donna venga sottratto il figlio per sempre senza consenso? Perché è povera? O perché è malata? O perché è in carcere? O perché, secondo l'opinione di qualche assistente sociale o di qualche psicologo, è una cattiva madre? Ma il figlio, bisognerebbe fare di tutto per non portarglielo via per sempre. È il *per sempre* che trovo spaventoso.

Una cattiva madre è una madre pazza o perversa. Il figlio allora subisce sevizie e persecuzioni. O viene da lei adoperato per loschi traffici. Oppure è una madre che non sa difendere il figlio e lo chiude fuori di casa, perché l'uomo che vive con lei «non ama i bambini», come la madre di quella bambina che fu adottata dall'operaio di Campobasso. Se è cosí, il figlio deve esserle tolto. Ma se non è cosí, madre e figlio lasciateli stare. Non almanaccate troppo sul loro rapporto. Non sofisticate. Può non essere, il loro, un rapporto di amore luminoso. Può essere un rapporto buio, caotico, ossessivo, repressivo, o distratto. È però sempre un rapporto che non rassomiglia a nulla. Le madri non sono, in genere, né cattive né buone. Diciamo qualche giorno non buone e qualche giorno buone. Non importa. Sono però, come e ben di piú che le famiglie o le case, un punto da cui i figli si sporgono a guardare il mondo. E sempre c'è fra le madri e i figli quel rapporto segreto e sotterraneo, che non rassomiglia a nulla, e che sembra trascinare memorie di cui nessuno sa nulla.

E inoltre, se non sono delle madri pazze o perverse, il figlio è per loro un valore supremo. Come si può allora portarglielo via per sempre senza consenso?

Nemmeno la decisione di adottare un figlio è una scelta «lucida e razionale». Può essere una scelta responsabile. Responsabile è l'impegno a dargli per sempre il meglio di sé. Però la scelta è cieca. È cieca anche se il figlio te lo vedi davanti. Di lucido e razionale non c'è niente. E d'altronde, di scelte lucide e razionali, nel corso dell'esistenza, donne e uomini ne fanno pochissime. O magari s'illudono di farle e s'accorgono subito dopo quanto fossero dissennate.

Fra una donna e il figlio che ha adottato nasce presto un rapporto che può essere molto simile a un legame di sangue. Come questo possa accadere è difficile spiegarlo. Però accade. Lei non l'ha portato nel proprio corpo e non l'ha partorito. Sa però di essere il punto dal quale lui si sporge a guardare il mondo.

E anche sa che lui sa di essere, per lei, un valore supremo. E allora, quando è successo questo, lasciateli stare. Se insorgono contestazioni o complicazioni, fate i salti mortali perché vengano lasciati in pace.

L'istinto materno e l'istinto paterno non sono grandemente diversi. Negli uomini l'istinto paterno nasce forse piú adagio e accompagnato da piú idee. Nelle donne l'istinto materno nasce e prospera muto e senza idee. Molto spesso accanto al figlio si confondono i ruoli e gli istinti. In ogni uomo c'è una donna e in ogni donna c'è un uomo. Esiste però fra donne e uomini una sola vera differenza ed è immensa. Le donne partoriscono figli. Questo fa sí che fra una donna e un figlio adottato, partorito da un'altra donna, possa nascere quel rapporto sotterraneo, oscuro, tortuoso e umido, che lega i figli e le madri e che sembra trascinare memorie di un tempo di cui nessuno sa nulla.

«Prima ha strangolato il figlio adottivo con un filo elettrico, poi si è gettata sui binari della ferrovia». I giornali riferivano questo fatto, nei giorni scorsi. La donna, di nome Giulia Girone, dopo lunghi anni di attesa era riuscita a ottenere, undici mesi fa, che le venisse dato in adozione un bambino peruviano di sette anni. Lei aveva quarant'anni ed era sposata da dieci anni. Vivevano, lei e il marito, nella periferia di Bari. Lei era impiegata alle Usl. Il marito era impiegato all'Intendenza di Finanza.

Non avevano figli. Avevano cercato di adottare un bambino in Italia senza riuscirci. Si erano rivolti a un'associazione per le adozioni internazionali. Dopo un soggiorno di due mesi nel Perú, avevano avuto in adozione quel bambino e se l'erano portato a casa. La donna appariva felice, al suo ritorno in Italia, ma quasi subito i suoi rapporti col bambino erano diventati pessimi. Il bambino si era affezionato al padre adottivo e questo l'aveva resa gelosa. Aveva cominciato a soffrire di gravi crisi depressive. Aveva detto al marito che pensava di affidare il bambino a un istituto di assistenza. Il bambino si trovava male in Italia e chiedeva che lo riportassero a Lima, nel sobborgo dove era nato, Magdalena del Mar. Lei l'ha ammazzato. Poi è uscita di casa e si è gettata sotto un treno. Ha lasciato scritto un biglietto che i carabinieri hanno trovato vicino ai binari. Diceva che si ammazzava e aveva ammazzato quel bambino perché aveva con lui un rapporto che non poteva piú sopportare.

Esistono adozioni felici e adozioni infelicissime. Esistono infine adozioni che finiscono come questa tragicamente. Perciò il compito di quelli che devono decidere delle adozioni è uno fra i compiti piú complicati che ci sono al mondo. Il rischio di sbagliare è immenso. Intuire in una coppia un desiderio vivo e serio di crescere un figlio nel modo migliore non è abbastanza, perché anche un simile vivo desiderio può trasformarsi in una disperata delusione appena appagato e a un primo contatto con la realtà. E una disperata delusione può portare, come qui è accaduto, a una conclusione tragica.

Sull'affidamento, sull'affidamento temporaneo, su quell'affidamento che sa in partenza di essere temporaneo, senza alcun proposito di diventare mai definitivo, dovremmo pensare che presenti meno problemi d'un'adozione. Esso avviene quando agli operatori sociali appaia necessario allontanare momentaneamente un bambino dalla propria famiglia, per una malattia della madre, o per qualche altro motivo grave ma di carattere transitorio. A me sembra che esso richieda, nelle persone alle quali il bambino viene affidato, una grande abnegazione, una grande sensibilità e una discrezione estrema. Il rischio che corrono, i genitori affidatari e il bambino, è che i genitori affidatari si impongano dinanzi al bambino con troppa forza, sostituendosi magari senza volere ai genitori naturali, o che offrano al bambino una immagine famigliare troppo migliore della sua vera famiglia. Il bambino domani, tornando a casa sua, farà dei confronti, e simili confronti potranno creargli disagi e inutili angosce. È importante, penso, nell'affidamento temporaneo, tener conto della situazione economica dei genitori affidatari, e della loro classe sociale. Può darsi che gli operatori sociali ne tengano conto: non lo so. La famiglia a cui il bambino viene affidato non dovrebbe essere, mi sembra, troppo piú ricca della sua famiglia vera. Tornando a casa sua, il bambino potrebbe provare rancore verso i genitori naturali, detestarli per la loro povertà. È meglio che, dovendo detestarli, li detesti per altre ragioni. E occorre che il bambino domani, quando tornerà a casa sua, non si senta sbalzato in una condizione troppo diversa da quella in cui è temporaneamente vissuto.

In verità a me sembra che l'affidamento temporaneo sia infinitamente piú difficile dell'adozione. Chi adotta un bambino o si propone di adottarlo in maniera definitiva, può abbandonarsi agli istinti. Chi invece sa in partenza che lo dovrà restituire dopo qualche tempo alla propria vera famiglia, non può abbandonarsi agli istinti. Deve studiarsi di non essere troppo pesante nel destino di quel bambino. Deve cercare di non amarlo troppo e di non esserne troppo amato, o meglio dargli un affetto di natura non materna o paterna ma invece di natura fraterna. Cosí l'affidamento temporaneo, che appare a un primo sguardo come un fatto piú semplice, può generare invece una situazione molto complicata. Non voglio con questo dire che l'affidamento temporaneo non sia, in qualche circostanza, opportuno o anzi necessario. Voglio soltanto dire che mi sembra pericoloso.

La legge 184 sulle adozioni dice:

«Il minore ha il diritto di essere educato nell'ambito della propria famiglia».

Ma allora come mai tanto spesso li tolgono alle famiglie i bambini?

«Sono dichiarati anche d'ufficio in stato di adottabilità dal tribunale per i minorenni del distretto nel quale si trovano i minori in situazione di abbandono perché privi di assistenza morale e materiale da parte dei genitori o dei parenti tenuti a provvedervi, purché la mancanza di assistenza non sia dovuta a forza maggiore di carattere transitorio».

Secondo la sentenza della Corte di Cassazione, per decretare lo stato di abbandono e lo stato di adottabilità, basta che i bambini siano malvestiti, malnutriti o girino le strade o la notte siano lasciati soli. Miriam Mafai, in un articolo della «Repubblica», fa notare che di bambini cosí, malvestiti e lasciati soli di notte a girare le strade, in Italia ce n'è un numero sterminato. E allora? per tutti sarà decretato lo stato di abbandono?

«Il minore ha il diritto di essere educato nell'ambito della propria famiglia». La famiglia d'origine dovrebbe essere preferita a tutto, per crescere un bambino. Però non è sempre vero.

Nell'estate, i giornali hanno raccontato il fatto di Dario Luman.

Dario Luman è nato il 21 gennaio dell'87, nell'ospedale di Pisa. La madre è nubile e ha sedici anni. Non dichiara il nome del padre. Il padre ha diciotto anni. Ignora la nascita del bambino. La ragazza gli aveva detto che voleva andare a Londra per abortire. In verità è andata a Londra ma qui non l'hanno fatta abortire perché era già troppo tardi. Nasce il bambino e la ragazza rinuncia a lui senza averlo visto. Firmano la rinuncia anche i genitori di lei, essendo lei minorenne. La ragazza dirà piú tardi che la rinuncia ha dovuto firmarla per obbedire ai propri genitori. Il bambino è dunque in stato di completo abbandono. Il Tribunale dei Minori di Firenze lo mette in affidamento pre-adottivo. Viene consegnato a una coppia, quando ha solo sette giorni. Il marito è assessore al Comune, la moglie lavora nelle Usl come psicologa. Si chiamano Mario e Cristina Luman. Vivono a San Giovanni Valdarno. Il bambino cresce con loro a San Giovanni Valdarno, quietamente e felicemente, per due anni e mezzo. Nel frattempo il padre vero ha saputo che era nato quel bambino. Chiede il riconoscimento di paternità. Sposa la madre. Vuole che gli venga restituito il bambino. Il Tribunale dei Minori respinge la sua richiesta. Lui ricorre in appello. La Corte d'Appello gli dà ragione. I Luman chiedono che sia nominato un esperto dei problemi dell'infanzia, e che siano valutate nel bambino le conseguenze del distacco dalla famiglia con la quale è cresciuto per due anni e mezzo. Anche il Tribunale dei Minori lo chiede. La Corte d'Appello rifiuta, e questo bambino, senza che si aspetti il giudizio della Cassazione, viene tolto ai genitori adottivi e dato ai genitori naturali. Il Tribunale dei Minori ha avuto qui un comportamento ben diverso da quello usato nei confronti di Serena Cruz. Si è alleato ai genitori adottivi. Quella dei Luman era ormai, per il bambino, la famiglia vera.

Nel paese di San Giovanni Valdarno, un paese di diciottomila abitanti, si è costituito un comitato di solidarietà ai Luman. È stata presentata una petizione popolare. Sono arrivate adesioni da tutta l'Italia.

Dinanzi a questi comitati di solidarietà che si costituiscono intorno a famiglie a cui sono stati strappati i bambini con motivazioni ritenute ingiuste, molti reagiscono con fastidio, disprezzo e irrisione. Li trovano insensati, inutili e anzi dannosi perché creano rumore e scompiglio. Se siano utili o inutili, non lo so. Ma a me danno una sensazione di calore. La solidarietà è ormai un sentimento inconsueto. Ovunque regna l'indifferenza per il prossimo e l'impulso a chiudere sulle disgrazie del prossimo la propria porta di casa. È ben raro il calore in questa società attuale che è fatta prevalentemente di tiepidi.

Riguardo a Dario Luman, in verità avrebbero dovuto essere i suoi veri genitori a capire che non bisognava portarlo via dalla casa dove stava e strapparlo alle persone che l'avevano allevato e amato per due anni e mezzo. Mi rendo conto che non era facile rassegnarsi per quel giovane padre. Della rinuncia lui non era responsabile non avendo mai espresso nessuna rinuncia. Non sapeva nemmeno che gli fosse nato un figlio. Riguardo alla madre, nel tempo della nascita del figlio e della rinuncia aveva sedici anni. Responsabili e colpevoli della rinuncia erano, a quanto sembra, i nonni materni. Tuttavia una rinuncia a un figlio è una rinuncia. Non si torna indietro. Un bambino che per due anni e mezzo vive con due persone, quietamente e felicemente, e li crede suo padre e sua madre, non bisognerebbe toccarlo. Troppi sono quelli che dicono di essere cresciuti con degli estranei, di essere stati poi restituiti ai genitori veri e di averne acerbamente sofferto.

Qualcuno ha osservato che allora, se si ragiona attribuendo tale peso e tale importanza ai rapporti fra un bambino e le persone che lo accudiscono per un periodo lungo, allora un bambino che venga sequestrato da banditi e resti con loro per molto e magari gli si affezioni, bisognerebbe lasciarlo per sempre in mano ai banditi. No, è un paragone che non regge. I banditi sono banditi. Un sequestro è un sequestro. Qui non si tratta di sequestri e di sequestrati. Se vogliamo immaginare una storia di banditi nei quali un bambino sequestrato risveglia istinti paterni o materni, la possiamo anche immaginare ma essa esula dalla zona dei fatti abituali.

Quella osservazione sui banditi, se non mi sbaglio, è stata espressa da un giudice. O comunque è stata espressa da qualcuno che apparteneva a quel mondo che si occupa di adozioni. Il paragone è significativo perché nella storia di chi si occupa di adozioni, si tende a vedere nei genitori adottivi dei sequestratori. Si tende a vederli con diffidenza o anzi con ostilità. Volpi, lupi, uccellacci da preda. Nello stesso tempo non si fa altro che mettere in adozione bambini.

Ma tutti questi bambini che vengono messi in adozione, saranno poi davvero adottati? O restano in istituti per anni e anni? E come mai, se i bambini messi in adozione sono tanti, come mai sono tante le domande d'adozione che restano in lista d'attesa, e tanti i bambini negli istituti? Come mai la gente va all'estero per adottare un bambino? È questo che non si capisce.

Mi dicono che ora, in Italia, quando due coniugi fanno domanda di adottare un bambino, sono messi in lista d'attesa ma intanto subito vengono chiamati i loro genitori e i loro parenti e interrogati a lungo. Gli si chiede se sono d'accordo sull'adozione o se invece l'idea non gli piace. Il bambino deve essere accolto bene anche dai nonni o dagli zii adottivi. È cosí importante? non lo so. Sarà certo considerato importante per ragioni di eredità. Ma comunque ho l'impressione che quelli che operano nel mondo delle adozioni, abbiano davanti a sé una sorta di piccolo paesaggio perfetto, dipinto col pennellino, un piccolo paesaggio dove non devono esistere contrasti, dove tutto deve essere liscio e lindo, un piccolo paesaggio totalmente irreale. La realtà non rassomiglia per nulla a questi piccoli paesaggi perfetti. È irsuta e ispida, impervia, fitta di circostanze incontrollabili, di reazioni che è impossibile prevedere. Quei nonni o zii adottivi eventuali che risponderanno con favore a proposito d'un'eventuale adozione, magari invece il giorno che l'adozione è avvenuta odieranno quel bambino adottato con tutte le loro forze, o invece succederà il contrario, nonni o zii adottivi eventuali mostreranno dell'ostilità e cambieranno attitudine in seguito, essendo i sentimenti umani per natura senza legge, ed essendo la realtà impervia e sfuggente e comunque estranea ad ogni lindo e disciplinato disegno. In verità chi si occupa di adozioni dovrebbe buttarli via tutti quei piccoli paesaggi perfetti. Rassomigliano agli interni famigliari della pubblicità che vediamo in televisione, dove sono celebrati i pregi dei biscotti e dei saponi. Fanno perdere tempo e basta. E intanto i bambini restano negli istituti.

Chi si occupa di adozioni potrà rispondere che il compito di decidere le adozioni è di una tale immensa e drammatica difficoltà da giustificare lentezze, esitazioni, precisazioni e cautele di ogni specie. È vero. Però abbiamo la sensazione che non siano adoperate reali esitazioni o cautele, ma siano adoperate invece unicamente un paio di idee fisse, prestabilite e immutabili, e dipinte con il pennellino. A chi si occupa di adozioni, dovrebbe essere chiesto soprattutto di camminare sempre sulla terra.

Dopo che l'adozione è avvenuta, è certo necessario che genitori e figli siano seguiti, nel corso degli anni, da assistenti o da operatori sociali. Ma questi assistenti o operatori sociali dovrebbero però essere dotati di sensibilità, comprensione e buon senso, e di nuovo dovrebbero essere persone che camminano sulla terra. Non so se sia cosí. Temo che il camminare sulla terra sia diventata un'azione inconsueta. La nostra società attuale è una società dove questa semplice azione non è vista con favore. Essa non ama né la terra né il camminare. Preferisce isolarsi in luoghi astratti, costruiti apposta perché non vi arrivino voci.

Mi raccontano che tempo fa una coppia che non poteva avere figli fece domanda per adottare un bambino. Vennero interrogati, il marito e la moglie, e sottoposti a un lungo e laborioso esame, come avviene sempre. La donna tornò a casa in lagrime. L'interrogatorio era stato severo, aspro e sommamente sgradevole. Infine li dichiararono, marito e moglie, inidonei per l'adozione. Secondo le persone che li avevano interrogati, i due «non avevano fantasia», e dunque non erano in grado di allevare un bambino nella maniera migliore. Alla coppia era stato chiesto se amavano viaggiare. Entrambi avevano risposto che non avevano grande interesse ai viaggi. Erano d'altronde due modesti impiegati, senza molto denaro da destinare alle spese superflue. Con questa motivazione, «mancanza di fantasia», l'adozione gli fu negata. Essi adottarono, qualche anno dopo, una bambina peruviana.

Riferisco questo fatto perché mi sembra illuminante. Nella testa di quelle persone che avevano preso in esame quella coppia, dominava e regnava, oltre a un'idea astratta di perfezione, anche una concezione della fantasia e dei viaggi del tutto artificiale e distorta, e dotata di una profonda, abissale imbecillità. Se pensiamo che un bambino poteva essere felicemente adottato e amato da quella coppia, e invece gli sarà toccata chissà quale sorte, semplicemente perché la coppia aveva detto che non amava viaggiare, allora quella distorta visione del mondo appare quanto mai nefasta. Si trattava d'una visione del mondo d'una specie anch'essa astratta, dove le parole *fantasia* e *viaggi* avevano preso un senso che non aveva nessun rapporto con il loro vero senso. Composta e impastata di poche cognizioni mal comprese e male assimilate, originata sempre dalla pseudo-scienza, simile visione del mondo è pericolosa e nefasta perché si sente forte, soddisfatta di sé, è prepotente, aggressiva e sostenuta validamente nella nostra società attuale, e per solito vivacemente applaudita. La pseudo-scienza è diffusa ovunque e per solito vivacemente applaudita. Difficilmente ci si accorge che essa ha dietro di sé il vuoto.

6.

In questi giorni c'era nei giornali la notizia che la polizia, a Bogotá, ha fermato due coppie di italiani e una donna colombiana. Il fermo è avvenuto in una villa d'un quartiere elegante. Nella villa sono stati trovati tre bambini colombiani, che avevano rispettivamente sei, cinque e tre anni. I bambini apparivano denutriti e avevano segni palesi di maltrattamenti sui loro corpi. Le persone fermate sono state accusate di sequestro, maltrattamenti fisici e psichici e traffico di stupefacenti. La donna colombiana era ricercata da tempo. Dai giornali veniva però anche avanzato il dubbio che gli italiani fermati non fossero trafficanti né di stupefacenti né di bambini ma si fossero messi in contatto con la donna colombiana per comprare quei bambini e adottarli, e casualmente si fossero trovati nella villa quando è arrivata la polizia. I bambini sono stati posti sotto la tutela d'un istituto per la protezione dell'infanzia. Sembra che la polizia abbia trovato nella villa documenti che provavano che quei bambini stavano per essere portati in Italia.

A me e credo a molti è accaduto di pensare a quanto avevano detto i giudici e altri con loro, sulla vicenda di Serena Cruz e sul traffico dei bambini fra l'estero e l'Italia. Un giornale riportava una piccola fotografia di quei bambini nella villa di Bogotá. Per un attimo tutti i bambini senza faccia di cui si era tanto parlato allora, per un attimo hanno avuto una faccia. Il giorno dopo i giornali dicevano che le due coppie d'italiani in verità erano senza colpa. Avevano fatto legali e regolari pratiche di adozione. Perciò non erano state arrestate, e arrestata era stata soltanto la donna colombiana, Laura Locero Ortiz De Cadena.

I giudici minorili saranno stati contenti. Avranno detto che chiunque leggeva i giornali in questi giorni e ricordava la vicenda di Serena Cruz e le adozioni illegali, certamente riconosceva che essi avevano agito in questa vicenda nel modo migliore. Nemmeno per sogno. Quelli che hanno pensato che era stata commessa un'ingiustizia enorme nei confronti di Serena Cruz, continuano a pensarlo e non se ne danno pace. Intanto Serena Cruz non era stata comprata come è stato precisato piú volte. E poi è certamente vero che bisogna difendere i bambini da chi ne fa traffico, ma non è forse altrettanto vero che se adottare un bambino fosse una cosa piú semplice, in Italia e fuori, la gente che vuole adottare un figlio non si rivolgerebbe ai trafficanti?

«Un intenso traffico di bambini è stato scoperto nel maggio scorso anche ad Assuncion, nel Paraguay, – dice un articolo dove è riferito il fatto di Bogotá, – ... tre avvocati avevano trovato il modo di iscrivere i piccoli all'anagrafe come figli illegittimi dei genitori adottivi. Aloisio Carvalho, un magistrato brasiliano, ci ha spiegato: "Certo, per adottare un bambino si deve procedere con la maggior prudenza, rispettando le leggi sia del paese di origine sia di quello dove il piccolo vivrà. Tuttavia si metta un po' nei nostri panni: il futuro di questi bambini è spesso la strada, la miseria e nel migliore dei casi il carcere. Proprio in questi giorni abbiamo letto la notizia di sette bambini di età compresa tra i dodici e i quindici anni, uccisi a Rio de Janeiro dagli *escuadrao de la morte*. Anche se l'adozione non è troppo legale, anche se qualcuno l'ha trasformata in un'industria, un giudice non può negare a un innocente la possibilità di crescere senza conoscere la fame"».

GIANGIACOMO FOÀ, «Corsera», 5 novembre 1989.

Leggendo sui giornali queste notizie, una volta di piú ci si rende conto come sia impossibile, nei confronti dei bambini, costruire delle idee inamovibili, circondarsene e dimorarvi costantemente. L'incertezza di quel magistrato brasiliano è una giusta incertezza. I trafficanti di bambini fanno spavento ma ancora piú spaventoso può essere il destino d'un bambino solo al mondo nella sua terra.

Il mercato dei bambini è sempre piú diffuso e prospera e mette spavento. E inoltre ancora mettono spavento i delitti di violenza sessuale nelle famiglie. È diventato ben difficile tutelare i bambini, vigilare che non gli sia fatto niente di male. Bambini maltrattati, bambini seviziati, bambini stuprati, bambini comprati e venduti, bambini adoperati per spaccio di droga. Eppure è necessario che non si vedano in ogni angolo indizi di delitti. Ricordiamo la vicenda di quei due sventurati genitori a Milano. È una vicenda che non dovremmo mai cancellare dalla memoria. L'esistenza di quei due sventurati non sarà mai piú quella che era. Mai essi dimenticheranno che un padre innocente può essere accusato d'una colpa lontana da lui milioni di anni luce. La frettolosità con cui è stato accusato di quella colpa, la frettolosità con cui gli è stato vietato di entrare nella stanza della figlia, e la frettolosità con cui gli è stato detto che non l'avrebbe rivista mai, secondo indizi fondati sul nulla, dovrebbe essere qualcosa che nessuno dimentica. Dovrebbe indurre le istituzioni a riflettere a lungo prima di prendere delle decisioni e prima di renderle pubbliche. Indurre ognuno a custodire sempre nel ricordo l'assoluta innocenza di quel padre.

Tenere presente anche quanto è accaduto in Inghilterra, a Cleveland. Camminare coi piedi sulla terra, perché gli indizi inesistenti e gli spettri non abbiano a sostituire i pericoli e i delitti veri e reali.

E cosa hanno fatto i genitori a quelle bambine di Novara, per spingere i giudici a decretare che la piú piccola doveva essergli tolta per sempre? Per spingerli a decretare che nessuno, né i parenti né i genitori, ha il permesso di farle visita nell'istituto? Da quando in qua è necessario un permesso per visitare un bambino in collegio? E se questi genitori sono, come hanno detto le assistenti sociali, cosí colpevoli da non poterla mai piú riavere in casa quella bambina, perché l'altra bambina invece gli viene restituita?

Abbiamo la sensazione che nel campo delle adozioni, il potere dei giudici minorili sia ogni giorno piú cieco, piú sordo e piú solitario. Non lo raggiungono voci. Non lo raggiungono né le voci delle alte autorità, né le voci della gente. Abbiamo la sensazione che si siano rotti i ponti fra i giudici minorili e la gente. Perciò anche si sono rotti i ponti fra i giudici minorili e la giustizia. Perché se la gente chiede qualcosa che è umano e giusto chiedere e non ha risposta, dov'è la giustizia?

Abbiamo la sensazione che nel mondo delle adozioni, regnino insieme un'idea astratta di perfezione e il caos.

Per difendere tale idea astratta di perfezione, vengono evocati spettri. Sono spettri di fatti che esistono e che sono quanto mai reali, ben inteso: bambini maltrattati, bambini stuprati, bambini comprati e venduti, bambini adottati Dio sa perché, bambini adoperati per spacciare droga o per altri loschi traffici. Però gli spettri non possono essere usati per agire e per imperare su ogni specie di realtà giornaliera, sull'intiera realtà.

Gli operatori sociali, gli assistenti sociali e le istituzioni di assistenza ai minori, sono partecipi di questo sovrano imperio dei giudici, lo sostengono e ne vantano la lungimiranza e la perspicacia. Lo esercitano a loro volta portandovi una mentalità del tutto distaccata dalla terra, dalla gente della strada. Una mentalità verbosa, impastata di pseudo-scienza. Una mentalità di tiepidi. La tiepidezza proviene, come si è detto, dal rifiuto del freddo della vera scienza e dal rifiuto del caldo dell'immedesimazione emotiva. Da questo doppio rifiuto nasce la stirpe dei tiepidi. Nel caos, ruotano insieme la tiepidezza e l'astrazione. Sono caduti nel discredito, in una vasta zona della società attuale e per riflesso nel mondo che si occupa dei bambini, sono caduti nel piú totale discredito quelli che vengono abitualmente chiamati «i buoni sentimenti», con disprezzo e con ribrezzo. Ma ovviamente «i buoni sentimenti» sono meritevoli di disprezzo quando sono finti, non quando sono veri. E fra «i buoni sentimenti» che possono anche essere veri esistono alcuni beni preziosi e insostituibili, come la comprensione, la tolleranza e la pietà, e la facoltà di contemplare nella sua luce e nella sua singolarità ogni fisionomia e ogni caso umano. Nel mondo che si occupa dei bambini, tutte le luci sono state spente. Si opera al buio.

Su questo mondo totalmente immerso nel buio, la gente della strada spalanca occhi attoniti e sgomenti, alzando voci querule e rabbiose che rimangono inascoltate.

Nella vicenda di Serena Cruz, abbiamo avuto modo di vedere, a parte ogni considerazione che si riferisca all'applicazione delle leggi, quanto l'assenza di questi beni cosí preziosi, nella nostra società attuale, sia tragica.

Qualcuno dice che bisognerebbe abolire i Tribunali dei Minori. Affidarne le funzioni a particolari sezioni dei tribunali ordinari. Cosí è in altri paesi. Non lo so. A me sembra che il problema dei bambini, della loro protezione e tutela e di tutte le scelte che li riguardano, sia un problema cosí delicato, cosí drammatico e cosí difficile, che è necessario che una zona della magistratura sia costantemente e intensamente chiamata a pensarci. Però una cosa è sicura. Operatori sociali, assistenti sociali, giudici minorili, tutti quelli che fanno parte di quel mondo che attualmente si occupa dei bambini, dovrebbero non forse sparire, ma diventare completamente diversi da come oggi sono.

Riguardo alla vicenda di Serena Cruz, l'opinione di Stefano Rodotà è questa («Panorama», aprile 1989): «Primo, cambiare la legge sulle adozioni, prevedendo la possibilità dell'adozione anche in condizioni d'illegalità, quando la permanenza del bambino in una famiglia abbia avuto una certa durata» [però l'idea della durata dovrebbe essere elastica, non sanzionata secondo date inamovibili e ferree, ma opinabile e giudicabile di volta in volta. Questo lo dico io. Capisco bene che non è facile formulare una legge cosí ballerina. Eppure non dev'essere impossibile formularla]. «Secondo, creare un sistema articolato di sanzioni, che possa agire come deterrente verso le coppie che scelgono le vie dell'illegalità. Terzo, aumentare le pene per i trafficanti di bambini, e soprattutto svolgere una adeguata opera di prevenzione».

L'opinione di Alessandro Galante Garrone è invece questa («La Stampa», 6 maggio 1989):

«Applicare le leggi esistenti: o che altro han da fare i giudici di tutto il mondo? È un principio universale, c'è nell'età moderna, ha trionfato con l'illuminismo e la Rivoluzione francese ... – Mi torna in mente quel che Salvemini amava ricordare: la sferzante risposta di un grande giudice americano della Corte Suprema all'avvocato invocante giustizia: "Io non sono qui per fare giustizia, ma per applicare la legge"».

Con tutto il rispetto dovuto a Galante Garrone, alla memoria di Salvemini, a quel grande giudice americano, io devo dire che queste parole non le capisco. Saranno giuridicamente ineccepibili, ma a me sembrano prive di senso. A me sembra che la giustizia e la legge dovrebbero essere una cosa sola. So bene quanto spesso non sia cosí, però è cosí che dovrebbe essere. Come si fa a pensarle divise? Le leggi non sono fatte per difendere la giustizia? per difendere i diritti dei piú deboli contro i piú forti?

E sennò le leggi, a cosa servono e perché ci sono?

E quando accade di doverle pensare divise, la giustizia e la legge, quando una legge appare manchevole o difettosa, non dovrebbero allora i magistrati fare i salti mortali per applicarla il piú possibile giustamente? In particolare quando è in gioco il diritto e il destino d'un bambino? E dimettersi, se non ci riescono?

Esiste forse qualcosa che sia piú importante della giustizia, nel governo dei paesi, nei rapporti con le vicende e con le istanze umane? Ma piú importante della giustizia non esiste niente.

Dicembre 1989.

Stampato per conto della Casa editrice Einaudi
presso le Industrie Grafiche G. Zeppegno & C. s. a. s., Torino

C.L. 11749

Ristampa

0 1 2 3 4 5 6 7 8

Anno

90 91 92 93 94 95 96

Gli struzzi

Ultimi volumi pubblicati

270 Beauvoir, *Quando tutte le donne del mondo...*
271 Wu Ch'êng-ên, *Lo Scimmiotto.*
272 Dostoevskij, *L'adolescente.*
273 Dickens, *Il nostro comune amico.*
274 De Sanctis, *Saggio critico sul Petrarca.*
275 Conrad, *Vittoria. Un racconto delle isole.*
276 De Sanctis, *Manzoni.*
277 Rodari, *Storie di re Mida.*
278 Brecht, *Diari 1920-1922. Appunti autobiografici 1920-1954.*
279 Frank, *Racconti dell'alloggio segreto.*
280 De Sanctis, *Leopardi.*
281 Sciascia, *Cruciverba.*
282 Queneau, *Esercizi di stile.*
283 Giovenale, *Le satire.*
284 Hugo, *I miserabili* (tre tomi).
285-87 Il teatro italiano.
V: *Il libretto del melodramma dell'Ottocento* (tre tomi).
288 Barthes, *L'impero dei segni.*
289 Le commedie di Dario Fo.
VI: *La Marcolfa – Gli imbianchini non hanno ricordi – I tre bravi – Non tutti i ladri vengono per nuocere – Un morto da vendere – I cadaveri si spediscono e le donne si spogliano – L'uomo nudo e l'uomo in frak – Canzoni e ballate.*
290 Rodari, *Giochi nell'Urss. Appunti di viaggio.*
291 Revelli, *L'anello forte. La donna: storie di vita contadina.*
292 Levi (Primo), *L'altrui mestiere.*
293 Morante, *Lo scialle andaluso.*
294 *'O penziero e altre poesie di Eduardo.*
295 Asor Rosa, *L'ultimo paradosso.*
296 *Comandante ad Auschwitz. Memoriale autobiografico di Rudolf Höss.*
297 Fiori, *Il cavaliere dei Rossomori. Vita di Emilio Lussu.*
298 Barthes, *L'ovvio e l'ottuso. Saggi critici III.*
299 Rodari, *Il secondo libro delle filastrocche.*
300 Vassalli, *Sangue e suolo. Viaggio fra gli italiani trasparenti.*
301 Lévi-Strauss, *La via delle maschere.*
302 Kipling, *Qualcosa di me.*
303 Zamponi, *I Draghi locopei.*
304 De Filippo, *Lezioni di teatro.*
305 Levi (Primo), *I sommersi e i salvati.*
306 Thiess, *Tsushima.*
307 Ginzburg (Natalia), *Lessico famigliare.*
308 Barthes, *La grana della voce. Interviste 1962-1980.*
309 Vassalli, *L'alcova elettrica.*
310 Szymusiak, *Il romanzo di Peuw, bambina cambogiana (1975-1980).*
311 Saba, *Antologia del «Canzoniere».*
312 Einaudi, *Le prediche della domenica.*
313 Leandri, *Scusa i mancati giorni.*
314 *Liriche cinesi.* A cura di Giorgia Valensin.
315 Fo, *Manuale minimo dell'attore.*
316 Ara-Magris, *Trieste. Un'identità di frontiera.*
317 Balzac, *Fisiologia del matrimonio.*
318 *Storici arabi delle Crociate.* A cura di Francesco Gabrieli.
319 Acton, *Gli ultimi Medici.*
320 James, *Daisy Miller.*
321 Stevenson, *Emigrante per diletto* seguito da *Attraverso le pianure.*
322 Cummings, *Poesie.*
323-24 Il teatro italiano.
IV: *La commedia del Settecento* (due tomi).
325 Breton, *Manifesti del Surrealismo.*
326 London, *La crociera dello Snark.*
327 Rodari, *Gli esami di Arlecchino.*
328 Gadda, *La cognizione del dolore.* Edizione critica a cura di Emilio Manzotti.
329 Levi (Primo) - Regge, *Dialogo.*
330 Le commedie di Dario Fo.
VII: *Morte accidentale di un anarchico – La signora è da buttare.*
331 Eça de Queiroz, *Il Mandarino* seguito da *La buonanima.*
332 Lastrego-Testa, *Dalla televisione al libro.*
333 Dostoevskij, *Le notti bianche.*
334 Baroni-Fubini-Petazzi-Santi-Vinay, *Storia della musica.*
335 Zamponi-Piumini, *Calicanto. La poesia in gioco.*
336 Dostoevskij, *Memorie del sottosuolo.*
337 Asor Rosa, *Scrittori e popolo. Il populismo nella letteratura italiana contemporanea.*
338 Queneau, *Piccola cosmogonia portatile* seguita da *Piccola guida alla Piccola cosmogonia* di Italo Calvino.

339 Grimmelshausen, *Vita dell'arcitruffatrice e vagabonda Coraggio.*
340 Yourcenar, *Memorie di Adriano* seguite dai *Taccuini di appunti.*
341 *Teatro Dada.* A cura di Gian Renzo Morteo e Ippolito Simonis.
342 Frank, *Diario.*
343 Tozzi, *Con gli occhi chiusi.*
344 Barthes, *Il brusio della lingua.*
345 Proust, *Poesie.*
346 Conrad, *La linea d'ombra.*
347 Beauvoir, *La terza età.*
348 Dossi, *L'Altrieri. Vita di Alberto Pisani.*
349 Bodini, *I poeti surrealisti spagnoli* (due volumi).
350 Laclos, *Le amicizie pericolose.*
351 James, *La fonte sacra.*
352 Hoffmann, *Gli elisir del diavolo.*
353 Naldini, *Pasolini, una vita.*
354 Fortini, *Verifica dei poteri.*
355 Bontempelli, *Nostra Dea e altre commedie*
356 Le commedie di Dario Fo VIII: *Venticinque monologhi per una donna* di Dario Fo e Franca Rame.
357 Conrad, *Cuore di tenebra.*
358 Chlébnikov, *Poesie.*
359 Cervantes, *Intermezzi.*
360 Revelli, *L'ultimo fronte. Lettere di soldati caduti o dispersi nella seconda guerra mondiale.*
361 Cabeza de Vaca, *Naufragi.*
362 Ginzburg (Natalia), *La famiglia Manzoni.*
363 Gogol', *Le veglie alla fattoria di Dikanka.*
364 Vargas Llosa, *La zia Julia e lo scribacchino.*
365 Hoffmann, *La principessa Brambilla.*
366 Čechov, *Vita attraverso le lettere.*
367 Huysmans, *Controcorrente (A rebours).*
368 Barilli, *Capricci di vegliardo e taccuini inediti (1901-1952).*
369 Lautréamont, *I canti di Maldoror. Poesie. Lettere.*
370 Ginsborg, *Storia d'Italia dal dopoguerra a oggi* (due volumi).
371 Chopin, *Il Risveglio.*
372 Fortini, *Versi scelti. 1939-1989.*
373 Tzara, *Manifesti del dadaismo e Lampisterie.*
374 Gozzano, *Le poesie.*
375 *Diari di dame di corte nell'antico Giappone.* A cura di Giorgia Valensin.
376 Argilli, *Gianni Rodari. Una biografia.*
377 Sterne, *La vita e le opinioni di Tristram Shandy, gentiluomo.*
378 Miller (Arthur), *Una specie di storia d'amore e altre commedie.*
379 Ginzburg (Natalia), *Serena Cruz o la vera giustizia.*